EDAF

MADRID - MÉXICO - BUENOS AIRES - SAN JUAN

ABRAXAS y AKZINOR 555

LA MAGIA MEDIEVAL

El secreto de los grimorios medievales

LA TABLA DE ESMERALDA

Título original:
LA MAGIE MÉDIÉVALE

© De la traducción:
MARIO LAMBERTI

© 2001. Les Éditions Quebecor
© 2001. De esta edición, Editorial EDAF, S. A., por acuerdo con Les Éditions Quebecor, Outremont (Québec)

Editorial Edaf, S. A.,
Jorge Juan, 30. 28001 Madrid
http://www.edaf.net
edaf@edaf.net

Edaf y Morales, S. A.
Oriente, 180, n.º 279. Colonia Moctezuma, 2da. Sec.
15530. México D.F.
http://www.edaf-y-morales.com.mx
edaf@edaf-y-morales.com.mx

Edaf del Plata, S. A.
Lavalle, 1646, 7.º, oficina 21
1048 Buenos Aires, Argentina
edafal1@interar.com.mx

Edaf Antillas, Inc.
Av. J. T. Piñero, 1594
Caparra Terrace
San Juan, P. Rico (00921-1413)
E-mail: forza@coqui.net

Julio 2002

No está permitida la reproducción total o parcial de este libro, ni su tratamiento informático, ni la transmisión de ninguna forma o por cualquier medio, ya se electrónico, mecánico, por fotocopia, por registro u otros métodos, sin el permiso previo y por escrito de los titulares del Copyrigth.

Depósito Legal: M. 29.638-2002
I.S.B.N.: 84-414-1130-1

PRINTED IN SPAIN   IMPRESO EN ESPAÑA

IMPRIME: Anzos, S. L. - Fuenlabrada (Madrid)

Índice

Págs.

INTRODUCCIÓN: **Los secretos de los grimorios medievales** 9

Primera Parte

LOS GRIMORIOS DE ÉPOCA

1. El Gran y el Pequeño Alberto 15
2. El Dragón Rojo 27
3. El Dragón Negro 39
4. El grimorio del papa Honorio 53
5. El grimorio de la magia sagrada del mago Abramelin   63

Segunda Parte

LOS GRIMORIOS MODERNOS

6. Los celtas y el druidismo 77
7. Los clavos de alejamiento 87
8. Rituales medievales con las piedras 97
9. Otros conjuros y rituales medievales 105
10. La magia de los dragones: Los conocimientos necesarios 133
11. La magia de los dragones: Los rituales 145

ANEXO: A propósito de los alfabetos mágicos 161

Introducción

Los secretos de los grimorios medievales

La época medieval nos ha legado un buen número de manuscritos y de grimorios*, de fórmulas llenas de extrañas prácticas y de recetas que son tan fantásticas las unas como las otras; pero también, y sobre todo, de un saber esotérico secular, que ha sido transmitido por ocultistas y magos.

Con el paso del tiempo estos grimorios han ido ganando popularidad entre todos los practicantes, ocultistas, magos y hechiceros, en función de los prometedores resultados, léase excepcionales, que aseguran a quienes sepan emplear los rituales de forma correcta. A la cabeza de todos estos manuscritos se encuentran los fabulosos Albertos, atribuidos a un monje dominico; el *Gran Alberto;* y el *Pequeño Alberto*; el *Dragón rojo* también conocido con el nombre de *Gran grimorio*; el mítico *Dragón negro,* al *Grimorio del papa Honorio,* el *Enchiridion del papa León III,* las *Clavículas de Salomón* y tantos otros, sin olvidarnos de mencionar la larga contribución de prácticas celtas y druídicas. En los próximos capítulos nos iremos ocupando de forma especial de estas prácticas ocultas y de algunos de los grimorios anteriormente mencionados.

---

* Se da este nombre a aquellos textos que contienen exclusivamente fórmulas y procedimientos mágicos. (*N. del T.*)

La magia medieval constituye, a su manera, la ciencia del bien y del mal; es una medio esotérico de manipular y de controlar estas fuerzas opuestas. En pasadas épocas —y debido fundamentalmente al enorme poder de la Iglesia—, el mundo se hallaba dividido de dos partes bien distintas: el cielo y el infierno; los buenos que estaban al servicio de Dios, y los malos que se hallaban bajo el poder del Príncipe de las tinieblas. Esta cosmogonía no podía ser más dualista, y los ángeles, diametralmente opuestos a los demonios, combatían sin descanso los propósitos de Lucifer.

Si se tiene en cuenta esta forma de pensar, se comprende la razón de que los abundantes grimorios medievales estén colmados de innumerables rituales de evocación, con objeto de llamar y apremiar al Príncipe de las tinieblas y a sus huestes, para exigir de tales seres las riquezas materiales y todos los tesoros de este mundo, en nombre del Dios todopoderoso. Los ocultistas ya conocían en aquellos tiempos el secreto que, mediante la personalización de la Fuente Eterna de Luz y de Amor, podía someter a los espíritus rebeldes más irreductibles.

A la luz de estas explicaciones, y tomando un poco de perspectiva al acercarnos a las prácticas que estaban en curso en aquellas épocas, se comprende que a toda persona de la que se sospechase que estuviera vinculada a la brujería y que, por tanto, tuviera comercio con el diablo, se la quemase viva; pero lo que todavía nos sorprende más, puesto que es algo que se ignora, es que la mayoría de esos manuscritos ocultos eran obra de sacerdotes, de monjes y hombres de la Iglesia. Sin embargo, el catolicismo de la época medieval —siempre preocupado por mantener su influencia y su poder sobre el pueblo— enseñaba que todo aquello que estuviera fuera de las normas establecidas no podía ser más que la obra del diablo.

Sea como fuere, en la gran mayoría de los casos nunca se trataba de auténticos brujos, sino de simples personas que vivían en soledad, alejadas de la sociedad y que, muy frecuentemente, poseían grandes conocimientos; a estos *seudobrujos* hoy se les da el nombre de herboristas, homeópatas, astrólogos, etc. Y todavía podíamos preguntarnos: ¿qué es en la actualidad una bruja, sino una persona que ha logrado ciertos conocimientos sobre las leyes cósmicas y naturales?

Primera Parte

Los grimorios de época

A NTES DE INICIAR este primer capítulo, sería bueno tener en cuenta este punto esencial que concierne a la magia medieval: esta magia estaba pensada y era practicada con los medios de aquella época, y trataba de lograr objetivos y metas que eran consustanciales con las preocupaciones que prevalecían en aquel tiempo. Así pues, esta es la razón por la que frecuentemente, en las versiones originales de los rituales y sortilegios que usted encontrará en esta primera parte*, contienen ingredientes que resultan casi inencontrables en nuestros días, como es el caso de la médula de lobo, de la sangre de buitre, de las babas de sapo o —algo todavía más terrorífico—, la mano de una persona que fuera ahorcada.

Pero, entonces, ¿por qué estas prácticas medievales exigen también ingredientes y accesorios extraños, por no decir horribles? En primer lugar, es necesario saber reconocer que la magia, ya sea la moderna o la que se remon-

---

* En esta primera parte se han conservado las palabras, la grafía y la gramática originales, lo que explica, además, la razón por la que usted se encontrará probablemente con ciertas frases que le resulten más difíciles de leer. No nos olvidemos de que el periodo medieval se extiende, aproximadamente, desde el año 500 hasta el 1500, un periodo lo suficientemente dilatado como para que la lengua sufriese profundos cambios. No obstante, hemos considerado interesante reproducir de forma íntegra los extractos de estas obras.

ta a tiempos medievales o, incluso, a épocas más lejanas todavía, siempre se ha visto llena de numerosos símbolos; y que cada uno de ellos tiene una propiedad específica que, en consecuencia, procura el efecto que le es propio, puesto que se emplea de forma oculta. Así, el simbolismo del lobo, en el siglo xv, revelaba la fuerza sexual y la del coito (actualmente, los practicantes de magia se inclinan más frecuentemente por las influencias marcianas y venusinas, o incluso por el dios Pan, para esas mismas razones). Esos símbolos eran, por tanto, expresiones de costumbres y de creencias populares que se hallaban en curso en la época en que fueron creadas.

Tomemos, por ejemplo, la médula de lobo, utilizada en las prácticas mágicas medievales. En esa época el lobo era un animal tan común como temido. Las tierras estaban cubiertas por bosques en los que abundaban todo tipo de alimañas, al tiempo que existía una flora muy rica. De manera que sucedía con frecuencia que una persona que se alejaba del camino marcado corría el peligro de ser atacada por los lobos. Para librarse de esta muerte atroz, o como venganza por la que hubiera podido ocurrir, los aldeanos se armaban de hoces y otros utensilios y se lanzaban a la caza de ese feroz animal, llevándolo posteriormente a su aldea como trofeo, para atenuar o compensar de alguna manera el sufrimiento y la desgracia ocasionada por aquel incidente mortal. De este modo, una bruja arriesgada podía, en ese momento, procurarse con facilidad, y de un modo discreto, un miembro u otra cualquier parte del animal, para emplearlo posteriormente en sus rituales y sortilegios.

Así pues, en esta primera parte, no se sorprenda si tiene que leer una y otra vez ciertos rituales expresados en una lengua que ha sufrido muchos cambios; y tampoco se preocupe si no logra encontrar a mano un clavo de ataúd, una cuerda de ahorcado o una cabeza de muerto... Dicho esto, usted podrá practicar cierto tipo de rituales sin problemas.

Capítulo 1

El Gran y el Pequeño Alberto

Los dos Albertos representan la obra atribuida a este monje filósofo dominico del siglo XIII de nombre Alberto el Grande, y se trata incontestablemente de uno de los grimorios más populares. Pero además, Alberto el Grande es también autor de numerosas obras filosóficas y esotéricas; estudió, entre otros, los textos de Plinio, de Aristóteles y, sobre todo, la filosofía en general. Enseñó en las ciudades más importantes de Europa, de París a Roma, adonde fue llamado personalmente por el papa Alejandro III. El célebre monje, hoy canonizado, nos ha legado, pues, sus textos y las fórmulas extraordinarias que él mismo había compuesto y que le habían sido inspiradas tanto por la magia natural y cabalística, como por la medicina de su tiempo, y también por la de los griegos, árabes, egipcios y, por la no menos importante, de los caldeos.

En los dos Albertos se encuentran textos que son, a la par, extraños y apasionantes, referentes tanto a las explicaciones sobre las generaciones y la concepción de los fetos, como al arte de conocer el carácter de los hombres mediante el examen fisiognómico, o un tratado sobre las influencias astrales y planetarias. Pero todavía hay mucho más, en especial el famoso tratado sobre los excrementos, las virtudes de las plantas, de los animales y las piedras, la fabricación de la célebre mano momificada, a la que se denomina «la mano de gloria», y muchos otros *secretos admirables*.

Son obras complejas de las que, sin embargo, hemos seleccionado algunas de las mejores *recetas* del Gran y del Pequeño Alberto.

RITUALES PARA EL AMOR

DEL AMOR RECÍPROCO DEL HOMBRE Y DE LA MUJER

Con frecuencia se encuentra en la frente del potrillo de yegua un pedazo de carne que resulta de uso maravilloso para las causas amorosas. Si se tiene la suerte de poder procurarse este pedazo de carne, que los Antiguos denominaban hippomano, se le habrá de secar, metido en un pote de barro que haya sido barnizado nueve veces, en un horno, cuando se haya extraído de él el pan, y se llevará con uno, procurando ponerlo en contacto con la persona de la que se quiera conseguir su amor. Si hubiera posibilidad para ello y la persona llegase a tragar una porción de esa carne, del tamaño de dos guisantes, ya fuera mezclada con algún licor o en una compota, incluso en un guisado, el efecto producido resultará infalible. Teniendo en cuenta que el viernes es el día consagrado a Venus, diosa que preside los misterios del amor, sería bueno llevar a cabo tal experimento en ese día.

PARA CONSEGUIR EL AMOR (1)

Vive castamente durante cinco o seis días, y al séptimo, que deberá caer en un viernes, come y bebe alimentos de naturaleza caliente, aquellos que puedan excitarte y te conduzcan al amor. Cuando te encuentres en ese estado amoroso, trata de mantener una conversación íntima con la persona que estimula tan fuertemente tu pasión, de modo que esa persona pueda mirarte fijamente, dejando entre ella y tú el espacio de un Ave María*. Los rayos visuales se encontrarán mutuamente, convirtiéndose en vehículos de amor tan poderosos que penetrarán a la otra persona hasta el corazón, de modo que ni la más grande de las insensibilidades o crueldades puedan resistirlos en modo alguno. Como resulta difícil conseguir que una púdica doncella mire fijamente a un joven durante algún tiempo, se le podrá convencer para que lo haga diciéndole, por ejemplo, que por los ojos se puede descubrir el secreto de si llegará a hacer un buen matrimonio, o de si vivirá mucho tiempo, o cualquier otra cosa de semejante guisa que sirva para estimular la curiosidad de esa persona, de modo que ella te mire fijamente.

PARA CONSEGUIR EL AMOR (2)

Si se quiere lograr el amor de un hombre, o el de una mujer, se habrán de frotar las manos con jugo de verbena

---

* El autor se refiere a un espacio mínimo, como el que ocuparía la cuenta de un rosario. (*N. del T.*)

y, seguidamente, se tocará a la persona que se desea enamorar; la eficacia de este secreto ha sido comprobada frecuentemente.

PARA AUMENTAR EL PLACER SEXUAL

La utilización de una pomada compuesta de grasa de macho cabrío joven mezclada con ámbar gris y algalia produce un gran efecto si se unta con ella el glande del miembro viril, pues esta pomada produce un cosquilleo que aporta un maravilloso placer a la mujer en el momento del coito.

PARA VENCER LA FRIGIDEZ

Si el hombre encontrase que su mujer es fría o frígida y que no encuentra placer en el acto sexual, entonces deberá darle a comer testículos de ganso y también el vientre de una liebre, todo ello sazonado con especias finas; de vez en cuando será bueno que también le dé ensaladas en las que abunden los jaramagos, el satirión y el apio, todo ello aderezado con vinagre rosado.

PARA MODERAR EL GRAN DESEO DE VENUS EN LA MUJER

A la mujer muy lujuriosa habrá de dársele una mezcla compuesta de miembro viril de un toro rojo reducido a polvo. Se echará el peso de un escudo de ese polvo en un hervido de vaca, de lechuga y verdolaga. De este modo ya nunca más se será importunado por la mujer, sino que, al contrario, ella sentirá aversión del acto venéreo.

PARA IMPEDIR QUE LA MUJER PUEDA ENTREGARSE A OTROS

Sucede a veces que uno ha de ausentarse del hogar durante largo tiempo, y aquellos maridos que tengan sospechas de sus mujeres y quieran evitarse el desagradable trance de los cuernos, deberán hacer lo siguiente. Ante todo es necesario tomar algunos cabellos de la mujer y cortarlos tan finamente hasta reducirlos a polvo. Después, y tras haber untado el miembro viril con un poco de miel, se le rociará con el polvo capilar y se procederá a realizar el acto venéreo con la mujer. Muy pronto ella sentirá un gran desagrado por la unión sexual. Si el hombre desea recuperarla de esta aversión, tomará algunos de sus propios cabellos y, tras reducirlos a polvo como la vez anterior, untará su miembro viril con miel y un poco de algalia, lo rociará con sus propios cabellos y procederá al acto sexual con el consentimiento de la mujer. Con ello, el sortilegio quedará deshecho.

PARA PRECAVERSE DE LA INFIDELIDAD

Consigue la punta del miembro genital de un lobo, juntamente con el pelo que rodea sus ojos y el que tiene en su hocico en forma de barba, y redúcelo todo a un polvo fino mediante calcinación. Hazle tragar este compuesto enseguida a tu mujer, sin que ella se dé cuenta; a partir de ese momento ya puedes considerarte seguro de su fidelidad. La médula de la espina dorsal de un lobo consigue el mismo efecto.

PARA HACER BAILAR A UNA JOVEN DESNUDA EN CAMISA

Para ejecutar semejante operación, deberás recoger la víspera de San Juan, en el mes de junio, antes de que salga el sol, mejorana silvestre y mejorana cultivada, tomillo silvestre, verbena, hojas de mirto, tres hojas de nogal y tres pequeñas ramitas de hinojo. Seca todas esas hierbas a la sombra y redúcelas rápidamente a polvo, pasándolas por un tamiz. Una vez que se haya logrado una mezcla satisfactoria, deberás aventar ese polvo en el lugar en el que se encuentre la joven, de modo que ella lo respire. De no ser así, también se le puede hacer aspirar como si fuera tabaco, consiguiéndose un efecto muy rápido. Un autor famoso añade que ese efecto será todavía más infalible si esta alegre operación se realiza en un lugar en el que haya encendidas velas de grasa de liebre, o de macho cabrío joven.

OTROS MARAVILLOSOS SECRETOS

PARA PARECER SIN CABEZA

Veamos el modo como se puede realizar un círculo mágico, en el que aquel que lo mantenga iluminado aparecerá sin cabeza. Para ello es necesario que cojas la piel de la serpiente de la que esta acaba de despojarse, oropimente, pez griega, neupóntico, cera virgen y sangre de asno. Mezcla todo ello y hazlo hervir a fuego lento durante tres o cuatro horas, en un caldero viejo que hayas llenado con agua estancada. Deja que la mezcla se enfríe, separa después la masa sólida y fabrica con ella un cirio cuyo pábilo deberá estar hecho con varios hilos de paño. Toda aquella persona a la que este cirio le alumbre la figura parecerá que no tiene cabeza.

PARA HACER APARECER ELEFANTES Y CABALLOS EN UNA HABITACIÓN

Si quieres que todos aquellos que se encuentren en una misma habitación se muestren en forma de grandes elefantes o, incluso, en forma de caballos, deberás hacer un perfume de la siguiente manera. Muele una porción de alcaranzí mezclado con grasa de delfín, y forma con esa mezcla unas pequeñas bolas del tamaño de semillas de limón. También deberás disponer de excremento de una vaca que no esté amamantando ternero. Dejarás que se seque bien ese excremento, de modo que sirva como combustible para hacer un fuego; sobre ese fuego echarás las susodichas bolitas y, de este modo, lograrás llevar a cabo la broma que te proponías, siempre y cuando la habitación se encuentre bien cerrada y el humo de la hoguera solo pueda salir por la puerta.

PARA HACER APARECER SERPIENTES EN UNA HABITACIÓN

Para lograr el efecto de que una habitación parezca llena de serpientes y de otras figuras terroríficas, deberás encender una lamparilla que se haya fabricado de la siguiente forma: toma la grasa de una serpiente negra y la última piel que haya cambiado; haz hervir esa grasa y esa piel con verbena, en un caldero en el que hayas vertido previamente dos caz 64-65
os de agua de fragua; al cabo de un cuarto de hora, retira el caldero del fuego. Vierte este compuesto en un pedazo de cualquier tipo de tejido y deja que todo ello se enfríe. Recoge después con una cuchara la grasa que se haya congelado sobre el agua. Haz un pábilo con los hilos del tejido y, tras haber puesto en el fondo de la lamparilla la piel hervida de la serpiente, engrasarás el pábilo haciéndole punta. Cuando enciendas la lamparilla con aceite de ámbar, habrás conseguido provocar una visión terrorífica que espantará a todos aquellos que no conozcan el secreto de esta lámpara mágica.

UNGÜENTO CON EL CUAL SE PUEDE EXPONER UNO AL FUEGO SIN SER QUEMADO

Hace siglos existía la costumbre de demostrar la inocencia de presuntos criminales mediante la prueba del fuego. Pero ya sea que se hubiera considerado que este procedimiento no era legal, ya que se trataba de una forma de tentar a Dios para que mostrase la inocencia de personas acusadas; ya fuera que se pensó que también podía existir fraude en la realización de esas pruebas, esa costumbre quedó totalmente abolida. En efecto, se había demostrado que en aquellos tiempos había modo de evitar la acción abrasadora del fuego, siguiendo lo que dicen los antiguos historiadores. Era necesario componer un ungüento a base de jugo de malva, de clara de huevos frescos, de la semilla de una hierba llamada spylion o hierba de las pulgas, de cal en polvo y de jugo de rábano blanco. Era necesario que todo eso se mezclara enseguida de forma homogénea y se frotase con la mezcla todo el cuerpo, si se trataba de una prueba completa, o solamente las manos, si solo se habría de pasar por el fuego esta parte del cuerpo, dejando que ese ungüento se secase y haciendo la aplicación tres veces. Seguidamente, se podía soportar la prueba del fuego sin temor a sufrir el menor daño.

MÁS SECRETOS MARAVILLOSOS

PARA CURAR LA PESTE

Para curar y librar a una persona de la peste, se dará a beber a la persona que sufra este mal media onza de agua de sarmiento y una dracma de triaca. Se tendrá cuidado de que esta mezcla se halle templada; seguidamente se cubrirá al enfermo y se le hará sudar. Si ciertamente está aquejado de la peste, al cabo de poco tiempo se curará. Este secreto se halla confirmado por diversos autores, tanto antiguos como modernos.

PARA SER AFORTUNADO EN JUEGOS DE DESTREZA Y DE AZAR

Si quieres ser afortunado en todo tipo de juegos, tanto de destreza como de azar, toma una anguila que haya muerto por falta de agua, y la hiel de un toro al que hayan matado perros enfurecidos; mete la hiel dentro de la piel de la anguila con una dracma de sangre de buitre. Después, ata la piel de la anguila por sus dos extremidades utilizando la cuerda de un ahorcado, y métela todo en estiércol caliente durante quince días; después lo harás secar en un horno calentado con fuego de helechos recogidos la víspera de San Juan. Haz después con esta piel un brazalete, sobre el cual escribirás con una pluma de cuervo, y con tu propia sangre, estas cuatro letras: H, V, L, Y.

PARA OPONERSE A UNA RIVAL

Si una mujer quiere vencer a una determinada rival, ha de conseguir entonces leche de cabra negra, a la que habrá de incorporar un poco de agua; en ella sumergirá unas hojas de eucalipto, de las cuales una la pondrá sobre el lecho y otra bajo él. Las demás las pulverizará en esa leche, rociando con ella todo el entorno del lecho.

PARA HACER VER EL DIABLO A ALGUIEN

Para que una persona vea al diablo en sueños, toma la sangre de una abubilla y frótale con ella la cara; esa persona se imaginará que todos los diablos la están rodeando.

PARA OBTENER LO QUE SE QUIERE

Para lograr todo lo que se pretende, se tomará la lengua del mismo pájaro (abubilla), que se le habrá arrancado sin utilizar cuchillo ni hierro alguno, γ después de envolverla en un paño nuevo se llevará al cuello.

MANO DE LA GLORIA, DE LA QUE SE SIRVEN LOS MALVADOS LADRONES PARA ENTRAR DE NOCHE EN LAS CASAS, SIN EL MENOR IMPEDIMENTO

Aunque Alberto el Grande jamás había probado el secreto de la llamada «mano de gloria», había asistido en tres ocasiones al juicio de unos malvados, quienes, bajo tortura, confesaron haberse servido de esa mano de gloria en los robos que habían cometido. Y como durante ese mismo interrogatorio se les preguntara en qué consistía esa mano γ cómo la habían conseguido, ellos respondieron, al primer punto, que la utilización de la mano de gloria servía para dejar estupefactos e inmóviles a aquellas personas a las que se le presentase, de modo que no pudieran moverse ni menearse, igual que si se encontraran muertos. Al segundo punto respondieron que era necesario procurarse una mano de ahorcado. En tercer lugar, era necesario prepararlo todo de la siguiente manera: se cogía la mano derecha, o la izquierda, de un ahorcado que hubiera estado expuesta en los caminos; se la envolvía en un pedazo de tela de mortaja, γ se la aplastaría con mucho cuidado de modo que se consiguiera extraer de ella la poca sangre que todavía le quedase. Después se la metía en un vaso de barro con salitre, zimat, sal y pimienta gruesa, todo ello pulverizado. De este modo se la dejaba en este pote durante quince días; y, tras haberla retirado, se la exponía al fuerte sol de la canícula, hasta que estuviera bien seca. Y si el sol no era suficiente, se la metía en un horno que hubiera sido calentado con fuego de helechos y verbena. Después era necesario hacer una vela con grasa de ahorcado, cera virgen y sésamo de Laponia; de este modo se servía uno de esa mano como si se tratase de un candelabro, para poder tener iluminada esa vela.

De este modo, a todos aquellos lugares adonde se llevase ese instrumento funesto, las personas que allí estuvieran se quedaban inmóviles y estupefactas. Cuando se les preguntó a los acusados si no había remedio alguno para protegerse de ese maleficio, dijeron que la mano de gloria podía volverse en realidad ineficaz, de modo que los ladrones no podrían servirse de ella. Para ello era necesario frotar el umbral de la puerta de la casa, u otros lugares por los cuales pudiera tenerse acceso al interior, con un ungüento compuesto con hiel de gato negro, grasa de gallina blanca y sangre de lechuza; y que esta mezcla había que hacerla en el tiempo de la canícula.

LOS SECRETOS GRACIOSOS

PARA HACER APARECER UN CABALLO O UN PERRO VERDE

Para conseguir esta notable experiencia, toma dos libras de alcaparras y pulverízalas, destilándolas después en un alambique. Toma nota de que la primera agua destilada no sirve para nada, y que te será necesario volver a destilar. Después, moja con este agua un perro o un caballo, y estos parecerán verdes a quienes los miren.

PARA QUE UNA CANDELA PUEDA ARDER EN EL AGUA

Toma dos libras de cera, dos onzas de azufre, otras tantas de cal viva y una onza de trementina de Venecia, y mezcla todos estos ingredientes. Haz con esta mezcla una candela y enciéndela; comprobarás que arde tan bien en la superficie del agua como dentro de ella.

Capítulo 2

El Dragón Rojo

O el arte de dominar los espíritus celestes, aéreos, terrestres e infernales

---

El Dragón Rojo es un grimorio famoso entre todos los magos y ocultistas. Conocido también como el *Gran Grimorio*, este libro constituyó, y sigue constituyendo, toda una referencia; incluso el propio Eliphas Levi (cuyo nombre verdadero era el de abad Alphonse Louis Constant), que enriqueció el ocultismo escribiendo magníficas obras cabalísticas, afirmaba que las técnicas evocatorias contenidas en este grimorio para evocar al diabo hacían del Dragón Rojo una de las obras maestras más incontestables en el universo de la magia.

Salvo los pactos con el diablo para hacerlo aparecer ante uno, contenidos en el *Lucifuge Rofocale* y la forma de fabricar la vara terrible —una barrita mágica que sirve para mandar a Lucifer y sus legiones— es el *Dragón Rojo* el único que contiene muchos otros prodigiosos secretos y tantas otras fórmulas mágicas para obtener no solo la ayuda de los demás demonios y de otros espíritus infernales, sino también para conseguir riquezas inimaginables, tesoros ocultos y otros que se encuentran bajo la custodia de espíritus terrestres. Además, los textos ofrecen, entre otras cosas, la posibilidad de seducir como se quiera a las mujeres, medios para conocer todos los secretos, y técnicas de necromancia para comunicarse con los muertos. También se aprende la fórmula para resucitar a un muerto, para hacerse invisible, curar las enfermedades, y muchas otras cosas más.

Hemos reunido en este capítulo algunas de las fórmulas de este grimorio excepcional, y algunos de los secretos más extraordinarios.

EL SECRETO MÁGICO, O EL GRAN ARTE DE PODER HABLAR CON LOS MUERTOS

Te será necesario asistir a la misa de Navidad, la que se celebra justo a medianoche, a fin de que puedas tener una conversación familiar con los habitantes del otro mundo. En el preciso momento en que el sacerdote eleva la santa hostia y se inclina interiormente ante el altar, di en voz baja:

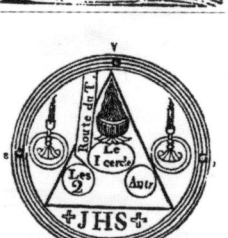

Exsurgent mortui, et ac me veniunt.

Apenas hayas pronunciado esas seis palabras latinas deberás ir corriendo hasta el cementerio más próximo, y ante la primera de las tumbas que se presente a tus ojos pronunciarás esta plegaria

Poderes infernales, vosotros que lleváis el sufrimiento a todo el universo, abandonad vuestras sombrías moradas, e id a reuniros más allá del Estígeo.

Tras algunos momentos de silencio y recogimiento, vuelve a decir:

Si tenéis bajo vuestro poder a aquel o a aquella por la que yo me intereso, os conjuro en el nombre del Rey de Reyes para que me la hagáis aparecer a la hora y en el momento en que os invoque.

Tras esta ceremonia, indispensable para el éxito de la operación, toma un puñado de tierra y dispérsala, de la forma en que se suele dispersar la simiente en los campos, diciendo en voz baja:

Que aquel que no es más que polvo se despierte en su tumba, que surja de sus cenizas y que responda a las preguntas que le voy a hacer en nombre del Padre de todos los hombres.

Entonces doblarás una rodilla, la pondrás en el suelo y volverás los ojos hacia el lado de Oriente. Cuando veas que se abren las puertas del Sol, te proveerás de dos huesos de muerto que, tras ponerlos en aspa, arrojarás al primer templo o a la primera iglesia que te encuentres.

Una vez que hayas tomado todas las disposiciones, te encaminarás hacia el lado de Occidente y, cuando hayas dado cinco mil novecientos pasos exactamente, te echarás a tierra descansando sobre la espalda, con las palmas de las manos sobre los muslos y la mirada fija en el cielo, vuelto ligeramente sobre el lado de la luna. En esa postura llamarás por su nombre a aquel, o aquella, que deseas ver, cuidando de no sentirte intranquilo en el momento en que veas aparecer al espectro.

Solicita en ese momento su presencia, mediante los términos siguientes:

Egosum, te peto et videre queo.

En el mismo momento en que hayas articulado esas palabras, tus ojos satisfechos verán con agrado cómo se alimentan con el objeto que te era el más querido y que te producía las más agradables delicias.

Cuando hayas obtenido de la sombra invocada lo que te haya parecido más adecuado para tu satisfacción, la devolverás a su esfera original, mediante estas palabras:

Regresa al Reino de los Elegidos; me siento contento por tu presencia.

Y entonces, abandonando la posturar anterior en la que te encuentras, regresarás a la misma tumba sobre la que pronunciaste la plegaria, al inicio de la operación, y sobre la cual harás ahora una cruz con la punta de un cuchillo cogido con la mano izquierda.

El lector no deberá omitir la más pequeña de las circunstancias aquí descritas, pues de no obrar así corre el riesgo de convertirse en la presa de todos los poderes infernales.

Véanse las figuras siguientes.

OTROS SECRETOS DEL DRAGÓN ROJO

PARA ENCANTAR LAS ARMAS DE FUEGO

Es necesario decir:

Dios tiene la partida y el Diablo la salida.

Y cuando se encara al contrario, es necesario decir, cruzando la pierna izquierda sobre la derecha:

Non tradas Dominum nostrum Jesum Christum Maion. Amen.

PARA HACERSE INSENSIBLE A LAS TORTURAS

Para hacerse insensible a las torturas, es necesario escribir estos versos sobre un papel, y tragarlos seguidamente:

In paribus, meretis fria pendent corpora ramis.
Dismas et gestas dammatur.
Ad astra levatur

Y cuando se quiera aplicar el encantamiento, es necesario decir:

Que esta cuerda sea tan suave a mis miembros como la leche de la Santa Virgen lo fue a nuestro Señor.

COMPOSICIÓN DE MUERTE, O LA PIEDRA FILOSOFAL

Toma un pote de barro nuevo y deposita en él una libra de cobre rojo y medio cuartillo de aguafuerte que harás hervir durante media hora; después, mete tres onzas de verdín que harás hervir durante una hora. Has de meter todavía tres onzas de corteza de roble, bien pulverizado, que dejarás hervir una media hora. Añádele a todo ello un jarro de agua de rosas hervida durante doce minutos, y tres onzas de negro de humo, que dejarás que hierva hasta que todo la mezcla sea buena. Para comprobar si todo está debidamente cocido, es necesario mojar un clavo; si la mezcla está conseguida, lo tomará; retíralo y comprobarás que te ha producido libra y media de buen Oro. Si no lo toma, es señal de que la cocción no está suficientemente hecha. Este licor puede servir para cuatro veces.

PARA HABLAR CON LOS ESPÍRITUS LA VÍSPERA DE SAN JUAN BAUTISTA

Desde las once de la noche hasta medianoche deberás encontrarte cerca de una mata de helecho y decir lo siguiente:

Ruego a Dios para que los Espíritus con los que deseo hablar se aparezcan justo a medianoche.

Y a los tres cuartos, es decir a las 23.45, pronunciarás nueve veces:

Bar, Kirabar, Alli, Alla, Tetragrammaton.

PARA HACER BAILAR A LOS DEMÁS DESNUDOS

Es necesario que la víspera de San Juan Bautista, a medianoche, tomes tres hojas de nogal, tres plantas de mejorana, tres plantas de mirto y tres plantas de verbena.

Haz que se sequen a la sombra y reduce las hierbas a fino polvo. Para practicar este encantamiento, arroja al aire un pellizco de ese polvo, en el lugar en donde quieres que las personas aparezcan desnudas.

PARA SER AMADO POR AQUELLA MUJER O POR AQUELLA DONCELLA QUE DESEAS

Es necesario pronunciar lo siguiente, mientras tomes la hierba de las camisas nuevas, que se llama concordia:

Yo te recojo en el nombre de Seheva para que me ayudes a conseguir la amistad de (pronuncia el nombre de la persona).

Seguidamente pondrás la susodicha hierba sobre la persona, sin que ella se dé cuenta, y teniendo buen cuidado de que no llegue a saberlo ni que se aperciba de lo que has hecho. Pronto te amará.

PARA HACERSE INVISIBLE

Robarás un gato negro y comprarás los siguientes objetos: una vasija nueva, un espejo, un encendedor, una piedra de ágata, carbón y yesca. Después, toma agua de una fuente, a eso de la medianoche, tras haber encendido tu fuego y puesto el gato en la vasija, agarrarás el cubierto con la mano izquierda, sin hacer el menor movimiento ni mirar atrás por cualquier ruido que puedas percibir. Tras haberlo hecho hervir durante veinticuatro horas, lo pondrás sobre un plato nuevo, lo tomarás y lo arrojarás por encima de tu hombro izquierdo, pronunciando lo siguiente:

Accipe quod tibi do et nihil amplius.

Después irás recogiendo los huesos, uno a uno, y los colocarás bajo los dientes de tu lado izquierdo, mirando tu imagen en el espejo. Si el hueso no fuera el bueno, lo tirarás diciendo las mismas palabras de antes, y lo harás así hasta que hayas encontrado el correcto; y en el momento en que dejes de ver tu imagen reflejada en el espejo, te apartarás retrocediendo y diciendo:

Pater in manus tuas commendo spiritum meum.

PARA HACER LA LIGA DE LAS SIETE LEGUAS POR HORA

Habrás de comprar un lobo joven que no tenga más de un año, que degollarás con un cuchillo nuevo, a la hora de Marte, pronunciando en ese preciso momento:

Abumalhis, eados ambulavit in fortitudine cibi illius.

Después cortarás su piel en tiras largas de un ancho de casi una pulgada, y escribirás en ellas las mismas palabras que has pronunciado al degollarlo, cuidando de escribir la primera letra con tu sangre, la segunda con la sangre del lobo, y así hasta que concluyas la frase.

Cuando se haya secado la escritura, habrás de doblar las tiras con una cinta de hilo blanco, atando las dos cintas violeta a las dos extremidades, poniendo la parte baja sobre la rodilla. Es necesario que tengas cuidado para que no la vea ninguna mujer o doncella. También habrás de quitártela antes de pasar un río, pues de lo contrario perderá todo su poder.

COMPOSICIÓN DEL EMPLASTO PARA RECORRER DIEZ LEGUAS POR HORA

Toma dos onzas de grasa humana, una onza de aceite de nervio, una onza de aceite de laurel, una onza de grasa de ciervo, una onza de maumi natural, medio cuartillo de espíritu de vino y siete hojas de verbena. Hazlo hervir todo en una vasija nueva hasta su semirreducción, y después haz el emplasto sobre un pellejo nuevo. Cuando lo hayas aplicado sobre tu bazo, correrás como el viento. Pero para que no te sientas enfermo cuando te lo quites, habrás de beber tres gotas de tu propia sangre en una jarra de vino blanco.

PARA QUE LOS JUECES TE SEAN FAVORABLES

Es necesario que al verlos digas:

Phaley, Phaley, Phaley, preside en mi favor:
Haz brillar tu poder, logra mi felicidad.

PARA MUTILAR A TUS ENEMIGOS

Con un cuchillo nuevo corta, a la hora de Mercurio, una varita de avellano virgen, diciendo:

Te corto para mutilar a mis enemigos, en el nombre del misterio de la Santa Trinidad, Padre, Hijo y Espíritu Santo, y bajo el poder de Nebyros, Apeyros, Nuberus y Glasyalabolas.

Habrás de cortarla con tres golpes y llevarla después contigo. Haz seguidamente una figurita de cera virgen, a la hora del planeta de aquel a quien quieres mutilar, y graba con el mismo cuchillo su nombre de nacimiento; y a la hora de Marte ponla entre dos cirios; y teniendo desnudo el brazo derecho, di haciendo vibrar la varita:

Yo te mutilo por tus malas obras, en el nombre de la S. T., Nebyros, Apeyros, Nuberus y Glasyalabolas, Aroc, Baroc, Betu, Bretu.

Si mutilas a esa persona tres veces de ese modo, la persona morirá en el transcurso de un año.

PARA HACERSE INMUNE A LAS ARMAS BLANCAS

Escribe sobre tu brazo con la punta de una aguja estas tres palabras

Ales + Dales + Toles +

Y coloca seguidamente la aguja sobre la cruz del medio; la herida no sangrará.

PARA CURAR LAS PULMONÍAS

Es necesario comer todas las mañanas berro macho, y, por la noche, tres pulgadas de flor de azufre en un vaso de vino añejo, después de que hayas cogido el hígado de un tejón vivo, al que calcinarás sobre fuego de carbones, para poder dárselo después al enfermo en tres vasos de vino. Seguidamente habrá de tomar, durante quince días, leche de asna, y así se curará de forma radical.

SECRETO PARA CURAR
TODA CLASE DE FIEBRES

Es necesario tomar, durante tres días, a la hora de la fiebre, una poción de un ochavo de aguardiente en el que se han echado dos bolitas, como dos nuececillas, de telaraña. Jamás volverás a padecer de fiebres.

Capítulo 3

El Dragón Negro

O las fuerzas infernales sometidas al hombre

EL DRAGÓN NEGRO, al igual que tantos otros grimorios de la época medieval, se inscribe en la perspectiva luciferina por la cual el hombre de la Tierra podrá aspirar a someter y a sojuzgar las fuerzas infernales.

Este grimorio consta de distintas partes en las que se encuentran evocaciones, encantamientos y contraencantamientos, los maravi-

llosos secretos y la *Gallina Negra*, por no mencionar nada más que esto; pero la sección principal consiste en la elaboración de rituales para evocar a Satán y a sus ministros y hacerlos aparecer, cada uno en un día distinto de la semana. El operador, o *karcist*, deberá utilizar distintos procedimientos para lograr su objetivo: el ceremonial de los círculos, las fumigaciones, los abundantes conjuros, exorcismos y coacciones, preparaciones físicas, etc.

Una vez más, queremos hacer señalar que las plegarias de la Iglesia católica sirven para algo; esa fuerte creencia en la fuerza dualista mantenida por esta última y representada por el bien y el mal —Dios y Satanás— nos explica en cierto modo por qué esa época medieval nos ha legado tantas obras de ese género.

El Dragón Negro seguirá siendo siempre esa joya de la magia medieval, concentrada en los pactos con el diablo —muy popular en aquellos tiempos—, pero igualmente en el arte de manipular las fuerzas de lo invisible, el conocimiento absoluto, la riqueza y el poder al alcance de la mano...

EL DRAGÓN NEGRO

(...) No aceptes nada de ellos, de mano a mano; y que todas las cosas materiales que exijas sean arrojadas, sin que se dañen ni rompan, en la parte del Círculo que tú les habrás indicado. No pierdas jamás de vista que el mencionado círculo representa tu salvaguardia: en su interior, serás maestro y rey; en su exterior, te encontrarás a las órdenes del espíritu maligno.

No leas este Libro por la tarde de 1 a 3 ni de 7 a 9, ni tampoco a medianoche.

ENCANTAMIENTOS Y CONTRAENCANTAMIENTOS

CUIDADOS QUE SE HABRÁN DE TOMAR AL REGRESAR DE CASA DE UNA PERSONA A LA QUE SE QUIERE CURAR

Al llegar a una encrucijada —la mejor es la de cuatro caminos—, toma la primera que se te presente, y tira al suelo una moneda (un sueldo o algo de parecido valor) con fuerza a la mitad de la encrucijada, diciendo:

Ahí se queda, que te recoja quien pueda.

Y sigue tu camino sin mirar para atrás

PARA DESTRUIR UN HECHIZO Y VER PASAR A LOS HECHICEROS

Empieza por comprarte una vasija nueva que tenga tapadera, cinco sueldos de alcanfor, un paquete de agujas, un corazón de vaca (o si no puedes, un corazón de cualquier animal hembra), todo ello de primera mano. Cuida de barrer bien la puerta de la habitación en la que vas a trabajar. Deposita el corazón del animal en un plato limpio y pínchalo a intervalos con las agujas, repitiendo con cada pinchazo las conocidas palabras siguientes:

Contra un tal o una tal (si se conoce a la persona, o cuando se la conozca se dirá su nombre), *una vez vassis atatlos vesul etcremus, verbo san bergo dibolia berbonos; dos veces vassis atatlos, etc.; tres veces vassis, etcétera* (hasta que se agoten todas las agujas)

Una vez que se haya concluido la operación, coloca el corazón en la vasija con el alcanfor y tres gotas de agua bendita; ponla al fuego a las 11 en punto y déjala hervir hasta una hora después de la medianoche, por lo menos. A la mañana siguiente, entierra la vasija en un lugar de tierra no cultivada y que sea conocido solo por ti.

Si quieres ver al que hizo el hechizo, haz hervir la pota, desde el principio hasta el final de la operación; y a intervalos de cinco minutos aproximadamente repite las palabras ya mencionadas, mirando en el espejo, unas veces de un lado y otras veces del otro. Sería raro que no le vieras pasar al cabo de un rato.

Nota. Ten cuidado de no salir a la calle, y que tampoco salga nadie de la casa mientras se está efectuando la operación.

PARA LEVANTAR UN SORTILEGIO O LIBRAR UNA CASA DE LOS DEMONIOS

Es necesario darle un paquete al maleficiado o, en el peor de los casos, suspenderlo de la chimenea, colgado dentro de un saco de tela nueva. Si la persona se halla trastornada, entonces será necesario hacer tres misas en tres parroquias distintas, y que en la casa la familia, a la hora de las misas, pueda decir al mismo tiempo el credo, hacer la señal de la cruz, decir tres padrenuestros y tres avemarías, volver a hacer la señal de la cruz y recitar el *Veni Creator.*

Mientras todo esto se está efectuando de modo correcto, ponte del lado de Mediodía, y sosteniendo en la mano izquierda agua bendita, y en la derecha el boj bendito, se dirá:

¡Oh Dios del Mediodía! ¡Oh Dios de Oriente! ¡Oh Dios de Occidente! ¡Oh Dios de Septentrión, mal sortilegio el que habré echado sobre tus vivos!

Recita tres veces estas palabras, y cada vez que lo hagas asperge con agua bendita el lugar, a derecha e izquierda. Para concluir el ritual será necesario hacer una novena mirando al espejo, si se dispone de uno, mientras se repiten las palabras ya citadas.

PARA DESVIAR EL MALEFICIO DE UNA PERSONA

Toma un sapo antes de que salga el sol, o después de que se haya puesto; métele (antes o después del sol) un pedazo de alcanfor en la garganta, valiéndote de un pincho de madera o de hierro, incluso de un clavo; perfórale las dos mandíbulas con el mencionado pincho y cóseselas con un hilo, colgándolo de la chimenea lo suficientemente alto para que no sea visto. Mientras haces lo prescrito, desde el principio hasta el fin, habrás de estar diciendo:

Deseo que tú (dígase el nombre de la persona), *deseo que revientes, tú que haces el mal. Contra ti, una vez vassis, dos veces vassis atatlos, etc.; tres veces vassis.*

Hacer una novena.

PARA DESVIAR UN MAL RENCUENTRO

Da tres pasos hacia atrás, mirando continuamente a la persona, mientras dices:

Contra ti, verbo san Dibolia berbonos.

PARA INMOVILIZAR Y HACER SUFRIR A UNA PERSONA

Dirígete a un cementerio y toma un clavo de un ataúd viejo, pronunciando estas palabras:

Clavo, yo te sujeto para que me ayudes a desviar y a hacer mal a

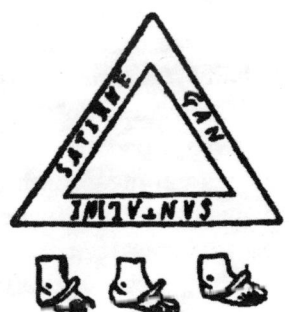

todas aquella personas que así lo desee; en el nombre del Padre, y del Hijo y del Espíritu Santo. Amén.

Cuando desees utilizarlo para clavar o inmovilizar, traza la figura sobre un pedazo de tabla nueva, clavando el clavo en el medio del triángulo, mientras recitas el padrenuestro a Nuestro Padre, hasta llegar a la frase «... en la Tierra». Seguidamente, golpea el clavo con una piedra, mientras salmodias:

Sigue haciendo mal a (nombre de la persona) *hasta que te quite de ahí.*

Cubre el lugar con un poco de polvo, y acuérdate bien de ese sitio, ya que no se podrá reparar el mal causado más que regresando allí y retirando el clavo, mientras se pronuncian las palabras siguientes:

Yo te retiro para que cese el mal que has causado a (nombre de la persona) *en el nombre del Padre, y del Hijo y del Espíritu Santo. Amén.*

Retira el clavo, borrando los caracteres hechos, pero haciéndolo no con la misma mano que se hizo la primera vez, sino con la otra; pues si se obra de otra manera se le originará un enorme daño a quien hizo el maleficio.

PARA HACER SUFRIR A UNA PERSONA

Será necesario que realices la operación el último viernes del mes de junio, por la mañana. Toma un pedazo de tocino graso, del tamaño de un huevo, perfóralo con alfileres (aproximadamente una treintena, sin que tengas que contarlos) pronunciando las ya conocidas palabras:

Una vez vassis atatlos vesul etcremus, verbo san hergo dibolia herbonos; dos veces vassis atatlos, tres veces vassis (hasta que se llegue al último alfiler).

Seguidamente poner debajo dos ramas benditas en cruz, y enterrarlo todo en un lugar que no haya sido cultivado y que solamente tú conozcas.

SECRETOS MARAVILLOSOS

CONTRA LAS QUEMADURAS

Di tres veces estas palabras de corrido, contra la quemadura, exhalando el aire en cada ocasión:

San Lázaro y Nuesto Señor Jesucristo iban a una ciudad santa. San Lázaro le dijo a Nuestro Señor: Oigo un gran ruido allá arriba. Nuestro Señor le respondió: Es un niño que se quema; ve allí y cúralo con tu aliento.

Aplica una compresa bien empapada en aceite de oliva.

PARA HACER APARECER LOS OBJETOS ROBADOS

Quema un gran puñado de ruda y otro de anguililla, y di tres veces el Credo, haciendo la señal de la cruz antes y después de recitarlo.

PARA VER POR LA NOCHE, EN UNA VISIÓN, AQUELLO QUE DESEES SABER DEL PASADO Y DEL FUTURO

Por la noche, antes de iros a la cama, reproduce la figura de la página siguiente en un papel de pergamino virgen. Los dos N. N. indican el lugar en el que deberás escribir tu nombre y lo que deseas saber. El espacio libre entre los dos círculos está destinado para que escribas el nombre de los ángeles que deseas invocar en este ritual. Una vez que hayas hecho esto correctamente, recita tres veces la siguiente oración y acuéstate del lado derecho, poniendo la oreja sobre el pergamino:

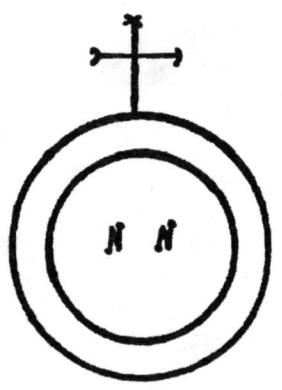

Oración:

Oh glorisos nombre del gran Dios vivo, al cual en todo tiempo le están presentes todas las cosas, yo, que soy vuestro servidor (di tu nombre), *Padre Eterno, te suplico que me envíes a tus ángeles que están escritos en el círculo, para que ellos me muestren aquello que deseo conocer y aprender, por Jesucristo Nuestro Señor. Que así sea.*

PARA DETENER UNA SERPIENTE

Arroja detrás de la serpiente un pedazo de papel empapado en una solución de alumbre, y en el que has escrito previamente, con sangre de cabra:

Detente hermosa, mira esta prenda.

Seguidamente te pondrás a silbar y a agitar una varita de mimbre. Si la serpiente queda tocada por la varita, morirá allí mismo o huirá a toda prisa.

PARA DETENER CABALLOS Y EQUIPAJES

Toma un papel negro y dibuja con tinta blanca el pentáculo representado en la página siguiente, y arroja ese pentáculo a la cabeza de los caballos, pronunciando estas palabras:

Caballo blanco o negro, de cualquier color que seas, yo soy el que te manda; te conjuro que no sigas estirando tus pies, como lo haces con tus orejas, ni que tampoco Belcebú pueda romper su cadena.

Es necesario, para hacer este conjuro, disponer de un clavo de hierro que haya sido forjado durante la misa de medianoche, y que arrojarás por donde pase la cabalgadura. Si no tuvieras un clavo así, utiliza otra punta, la cual debe ser conjurada de la siguiente manera:

Punta, yo te conjuro en el nombre de Lucifer, Belcebú y de Satanás, los tres príncipes de todos los diablos, para que hagas que se detenga.

Durante los tres días anteriores a aquel en que vas a realizar este conjuro, cuidarás de no llevar a cabo ninguna obra de carácter cristiano.

PARA QUE PAREZCA QUE ESTÁS ACOMPAÑADO DE VARIAS PERSONAS

Agarra un puñado de arena y conjúralo de este modo:

Anachi, Jeovah. Hoelersa, Azarbel, rets caras sapor aye pora cacotamo lopidon ardagal margas poston eulia buget Kephar. Solzeth, Karne phaca ghedolossalese tata.

Deposita la arena conjurada en una caja de marfil con la piel de una serpiente tigre en polvo. Para ejecutar esta operación, lanza la arena al aire en los días y horas que el sol se encuentra en el signo de la Virgen María, repitiendo este conjuro, y aparecerán tantos hombres como granos de arena.

PARA IMPEDIR SENTARSE A COMER

Clava en la mesa una aguja que se haya empleado para amortajar a un muerto y que haya penetrado en la carne. Di seguidamente:

Coridal, Nardac, Degon.

A continuación pon un pedazo de *assa foetida* sobre un pastilla de carbón en brasas, y retírate de forma discreta.

PARA GANAR EN EL JUEGO

En la víspera de San Pedro, y antes de la salida del sol, toma la planta llamada Morsus-Diaboli; colócala durante todo un día sobre la piedra bendita, y seguidamente sécala; redúcela a polvo y llévala contigo metida en un saquito de seda blanca. Para recolectar la hierba de forma adecuada es necesario hacer un semicírculo, con los nombres en cruz que aparecen marcados en la figura contigua.

PARA HACERSE AMAR

Un viernes de primavera extrae un poco de tu sangre y échala en un recipiente de barro nuevo, barnizado con los testículos de una liebre y el hígado de una paloma. Hazlo secar todo en un horno del que previamente se haya retirado el pan, y redúcelo todo a un fino polvo que harás ingerir a la persona por la que sientes deseos, en cantidad de una media dracma (1 gramo y medio, bien cumplido). Si el efecto no se consiguiera en la primera tentativa, repítelo hasta tres veces más, y serás amado por esa persona.

PARA HACER BAILAR A UNA JOVEN DESNUDA

Escribe sobre un pergamino virgen los caracteres de la figura de la página siguiente, con sangre de murciélago, y después deposita el pergamino sobre una piedra bendita, para que sobre ella se diga una misa. Después de esto, y cuando desees utilizarlo para este fin, coloca el 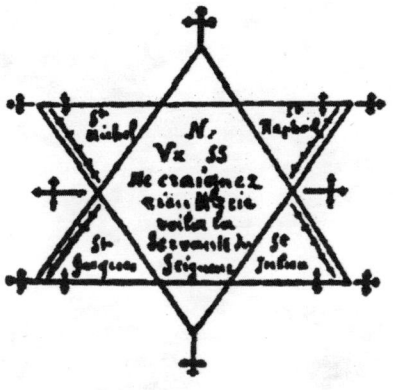 escrito bajo el umbral de la puerta por donde haya de pasar la persona en cuestión. Apenas haya hecho ese recorrido, verás cómo ella se excita y se desnuda. Ten cuidado, porque si no retiras el escrito ella seguirá bailando desnuda hasta que se caiga muerta contorsionándose y haciendo unas muecas que te causarán más compasión que deseo.

PARA IMPEDIR LA COPULACIÓN

Para realizar esta experiencia, es necesario tener un cortaplumas nuevo y hacerlo en un sábado, a la hora justa de la salida de la luna. Traza con la punta de ese cortaplumas, por detrás de la puerta en donde duermen las personas, los caracteres de la figura que aparece al lado, con las siguientes palabras: *Consummatum est*, tras lo cual romperás la punta del cortaplumas contra la puerta.

PARA IMPEDIR UNA ENTREVISTA CULPABLE

Quema un lagarto en un vaso de gres, y cuando se haya reducido completamente a cenizas, colócalas en el cuerno de un macho cabrío al que se haya matado durante la luna nueva. El día que quieras impedir la infidelidad de tu amante, en su encuentro culpable, harás tres trazos delante de su puerta con la ceniza de la artemisa, y esa persona ya no podrá dar un paso fuera de su casa hasta que el sol salga de nuevo.

PARA GANAR TODAS LAS VECES EN QUE SE JUEGUE A LA LOTERÍA

Antes de meterte en cama, recita tres veces la siguiente oración, tras lo cual la pondrás bajo la almohada; la oración habrá sido escrita en un pergamino virgen, sobre el que habrás hecho decir una misa de Espíritu Santo; y, mientras duermes, el genio de tu planeta vendrá a decirte la hora en la cual deberás comprar el billete de lotería.

Oración:

Domine Jesus Christe, qui dixisti: ego sum via, veritas et vita: ecce enim veritatem dilexisti, incerta et occulta sapientice luce manifesta mihi adhuc quce revelet in hac nocte sicut ita revelatum fuit parvulis solis, incognita et ventura unaque alia me doceas, ut possim omnia cognocere; si et si sit; ita monstra mihi mortem ornatam imni cibo bono, pulchrum et gratum pomarium, aut quamdam rem gratam: sin autem ministra mihi ignem ardentem, vel aquarum currentem, vel aliam quamcumque rem quce Domino placeant, et vel Angeli, Ariel, Rubiel et Barachiel sitis mihi multum amatores et factores ad opus istud obtinendum quod cupio scire, videre, cognoscere, et providere per illum Deum qui venturus est judacaire vivos et mortuos, et sceculum per ignem. Amen.

Di tres padrenuestros y tres avemarías por las ánimas del Purgatorio.

Capítulo 4

El grimorio del papa Honorio

LA SANTA SEDE Apostólica, a la que se le han concedido las llaves del Reino de los Cielos, por las palabras dichas por Jesucristo a San Pedro: «Te doy las llaves del Reino de los Cielos», con poder para mandar sobre el Príncipe de las tinieblas y de sus ángeles que, como servidores de su maestro, le deben honor, gloria y obediencia; y por las otras palabras de Jesucristo: «Servirás a un solo Señor»; por el poder de las llaves, el jefe de la Iglesia ha sido hecho el Señor de los infiernos...

Así comienza el grimorio del papa Honorio III. Una vez más, nos sentimos en deuda con una figura de la Iglesia que ha contribuido mucho en la elaboración de los grimorios medievales, tanto por sus conocimientos como por su creencia en los poderes del Cielo y del Infierno.

Dicho lo que antecede, habrá de subrayarse igualmente que este libro es otro de los grimorios denominados *fáusticos*. Se puede hallar en él una sección importante dedicada a la evocación del diablo y de sus ministros, haciéndose palpable, una vez más, ese encarnizamiento de la Iglesia por controlar los infiernos. Las explicaciones presentadas en estas páginas se interesan de forma particular por la fabricación del círculo mágico, a fin de proteger a los que llevan a cabo la manipulación; pero además también se pueden encontrar aquí una infinidad de conjuros, destinados a someter a los demonios a la batuta del mago. Además, también se presentan los conjuros de la semana, que se han de dirigir a Lucifer, Nambroth, Astaroth, Acam, Bechet, Nabam y Aquiel. La segunda parte del grimorio está consagrada a una extraordinaria selección de los secretos más extraños. Veamos seguidamente algunos reveladores extractos.

SELECCIÓN DE LOS SECRETOS MÁS RAROS DE LAS ARTES MÁGICAS, PARA PODER VER LOS ESPÍRITUS DE LOS QUE ESTÁ LLENO EL AIRE.

Toma el cerebro de un gallo, el polvo del sepulcro de un hombre muerto, es decir, el polvo que cubre el ataúd, aceite de nuez y cera virgen; haz una mezcla con todo ello que envolverás en un pergamino virgen, en el que estarán escritas estas dos palabras y de esta manera: *Gomert Kailceth*. Quémalo todo y verás cosas prodigiosas. Pero esto solo lo podrán hacer aquellas personas que no tengan miedo a nada.

PARA VOLVERSE INVISIBLE

Se inicia esta operación en un día miércoles, antes de la salida del sol, y disponiendo uno de siete habas negras. Después, se toma una calavera y se le mete un haba en la boca, dos en los orificios de la nariz, otras dos en las cuencas de los ojos y otras dos en las orejas. Seguidamente se inscriben sobre esa cabeza los caracteres que aparecen en la figura, y después se entierra esa cabeza con la cara mirando hacia el cielo. Riégala durante nueve días con buen aguardiente, todas las mañanas, antes de que salga el sol. En el octavo día te encontrarás con el espíritu que corresponde a esa fecha, el cual te preguntará: *¿Qué haces aquí?* Tú le contestarás: *Riego mi planta.* Él te dirá: *Dame esa botella que la regaré yo mismo.* Le contestarás que no quieres. Él te lo volverá a pedir, y tú seguirás negándote, hasta que llegue el momento en que te tienda una mano de cuyos dedos pende una figura semejante a la que tú has hecho sobre la calavera. En tal caso, deberás asegurarte de que se trata del auténtico espíritu de la calavera; pues si fuera otro te podría causar problemas, y tu operación mágica resultaría fallida. Cuando le entregues tu jarro, él se regará a sí mismo, y tú te irás. A la mañana siguiente, que ya será el día noveno, regresarás al lugar; encontrarás que tus habas han madurado; las recogerás; te meterás una en la boca, y después te mirarás en un espejo; si no te vieras en él, será señal de que esa haba es buena. Con todas las otras habas harás lo mismo; también puedes probarlas en la boca de un niño. Todas las que no sirvan deberás enterrarlas en donde se encuentra la calavera.

CONJURO AL SOL

Toma un papel y haz en él un agujero; a través de él mira al cielo, diciendo:

Yo te conjuro, Espíritu solar, de parte del gran Dios vivo, para que hagas que no me vea (nombra a la persona).

Después continúa de este modo:

Anima mea turbata est valdé sed tu Domine usquequo.

Repítelo tres veces.

PARA HACER VENIR A UNA PERSONA

Haz de leña, quema el corazón, el cuerpo, el alma, la sangre, el espíritu y el entendimiento de X mediante el fuego, el cielo, por la tierra, por el arco iris, por Marte, Mercurio, Venus, Júpiter, Feppé, Feppé, Elera, y en el nombre de todos los diablos, Fago, posee, quema el corazón, el cuerpo, el alma, la sangre, el espíritu, el entendimiento de (nombra a la persona), *hasta que cumpla todos mis deseos y haga mi voluntad. Ve en rayo y en ceniza, y en tempestad, Santos Quisor, Carracos, Arné, Tourne, que no pueda dormir, ni en sitio alguno reposar, ni hacer, ni comer, ni río alguno atravesar, ni en caballo montar; ni a hombre, ni a mujer, ni a doncella pueda hablar, hasta que venga cumplir todos mis deseos y voluntades.*

PARA IMPEDIR QUE UNA PERSONA DUERMA POR LA NOCHE, Y PARA QUE NO DESCANSE EN ABSOLUTO. PARA QUE NO TE HABLE AUNQUE TE DESEE UN GRAN MAL, Y PARA QUE SE MANTENGA MUY LEJOS DE TI.

La noche en la que quieras hacer este conjuro, acuéstate el último de todos los que haya en la casa. Antes de meterte en la cama, habrás de preparar un fuego en la chimenea. Ocúpate de que haya en ella un tizón de madera encendido. Mete entonces la mano izquierda abierta en un rincón de la chimenea, que esté oscuro y ahumado; y mientras abres y cierras la mano, di siete veces estas palabras:

Cinque furono li appicati, linque, linque furono li tana liati vi scongiro per Beelzebut che linque vi fate ache date a tormentar il cuore et le visuere (nombra a la persona) *por mi amor. Amen.*

Después de haberlo dicho siete veces, mete bien adentro el tizón entre las brasas, y bate tres veces con la palma de la mano el negro de la chimenea. Verás entonces que aquella persona, hacia la que has hecho el conjuro, no podrá hacer nada ni vivir tranquilamente hasta que te haya dado satisfación en todo lo que deseas. Es este uno de los extraños secretos que ha inventado la necromancia.

PARA GOZAR DE AQUELLA QUE DESEAS (SECRETO DEL PADRE GIRARD)

Que sean tres los días que pases sin extraer mercurio antes de tragarte una nuez moscada; al cuarto día, en ayunas, dirás:

A Dios, le torum cultin, cultorum, bultin bultotum, acércate a mí, compañía mía.

Es preciso tragarse la nuecilla moscada diciendo: *acércate, etc.* Eso te permitirá que cuando vayas al retrete no te preocupe para nada la ingestión de la nuez moscada. Este secreto sirve para toda la vida, sin necesidad de que sea repetido. Solo es necesario decir las tres últimas palabras soplando por la nariz, o abrazando a todas las jóvenes que uno desea que le amen.

PARA HACER QUE UN ARMA FALLE

Pronuncia las siguientes palabras: *Abla, Got, Bata, Bata, Bleu.*

CONTRA LA PLEURESÍA

Escribe en un vidrio lo que sigue: *Dia, Biz, On, Dalbulh, Cherih.*

CONTRA LAS FIEBRES

Trágate, durante tres días sucesivos, un papel en que esté escrito lo que sigue: *Agla, Garnaze, Eglatus, Egla.*

PARA DETENER UNA HEMORRAGIA

Escribe con la sangre INRI en un papel, y póntelo sobre la frente, en donde has escrito: *Consummatum est.*

CONTRA UNA ESTOCADA

Pronuncia las siguientes palabras: *Buoni jacum, yo no tengo que hacerte.*

PARA APAGAR UN FUEGO

Pronuncia las siguientes palabras: *Gran fuego ardiente, te conjuro en nombre del gran Dios vivo, que pierdas tu color como lo perdió Judas cuando traicionó a Nuestro Señor, el día del gran Viernes; en el nombre del Padre, del Hijo y del Espíritu Santo.*

Se repite tres veces, dando una patada o un puñetazo.

CONTRA LAS QUEMADURAS

Pronuncia las siguientes palabras: *Fuego, pierde tu calor, como Judas perdió su color cuando traicionó a nuestro Señor en el huerto de los Olivos.*

Pronuncia estas frases tres veces sobre la quemadura, enviando sobre ella, en cada ocasión, tu aliento.

CONTRA EL DOLOR DE CABEZA

Pronuncia las siguientes palabras: *Millant, Vab. Vitalot;* di tres veces el padrenuestro.

PARA IMPEDIR QUE UN PERRO MUERDA Y LADRE

Mirando al perro, di tres veces: *El arco bárbaro, el corazón se quiebre, la cola cuelgue, la llave de San Pedro te cierre las fauces hasta mañana.*

PARA EL JUEGO DE LOS DADOS

Pronuncia las siguientes palabras: *Dados, os conjuro en el nombre de Assizer y de Rassize para que vengáis arreglados y cargados en los nombres de Assia y de Logrio.*

PARA GANAR A TODOS LOS JUEGOS

Escribe en un pergamino virgen las siguientes palabras y cruces: + *Ibel* + *Laber* + *Chabel* + *Habel* + *Rabel*. Es necesario que lo lleves contigo.

Para no sufrir en los interrogatorios

Trágate una nota en donde hayas escrito con tu propia sangre lo siguiente:

Aglas, Aglanos, Algadenas, Imperiequeritis, tria pendent corpora ramis dis meus et gestas in medio et divina potestas dimeas clamator, sed jestas ad astra levatur, o bien *Tel, Bel, Quel, Caro, Mon, Aqua.*

PARA ROMPER Y DESTRUIR TODA CLASE DE MALEFICIOS

Toma una buena cantidad de sal, más o menos según la cantidad de animales que estén maleficiados; pronuncia sobre ellos lo siguiente: *Herego gomet hune gueridans sesserant deliberant amei.* Da tres vueltas alrededor de los animales, empezando por el lado del sol naciente y continuando según el curso de ese astro, teniendo siempre delante de ti a los animales, sobre los que irás arrojando pizcas de sal, mientras recitas esas palabras.

PARA CUANDO SE VA A REALIZAR UNA ACCIÓN

Di cinco padrenuestros y cinco avemarías en honor de las cinco llagas de Nuestro Señor; seguidamente di tres veces:

Me voy con la camisa de Nuestra-Señora; que esté envuelto por las llagas de mi Dios, de las cuatro coronas del cielo del Señor San Juan evangelista, San Lucas, San Mateo y San Marco; que ellos me puedan guardar; que ni hombre ni mujer, ni plomo, ni hierro ni acero me puedan herir o cortar, o mis huesos quebrar; paz a Dios.

Y una vez que se haya dicho lo anterior, es necesario tragar las siguientes palabras:

Est principio, est in principio, est in verbum, Deum et tu phantu.

La duración es de 24 horas.

PARA DESCUBRIR TESOROS

Situado sobre el lugar en donde se supone que hay un tesoro, di, golpeando tres veces con tu talón izquierdo contra el suelo, y dando una vuelta a la izquierda:

Sadies satani agir fons toribus: ven a mí, Seradon, que será llamado Sarietur.

Repítelos seguidamente tres veces. Si existe algún tesoro en el paraje, lo sabrás porque se te revelará algo al oído.

Capítulo 5

El grimorio de la magia sagrada del mago Abramelin

═══

LA MAGIA SAGRADA del mago Abramelin es un grimorio medieval del siglo XV realmente fascinante que deseamos que usted conozca, revelándole incluso algunos de sus extractos. Dividido en tres libros diferentes, este grimorio explica, mediante un riguroso procedimiento —que se prolonga durante un periodo de más de seis meses de trabajo oculto y de plegarias, de purificaciones y evocaciones a las entidades de luz y de sombra—, cómo pudo el mago hacer aparecer a los demonios, a fin de someterlos a su obediencia. Gracias a este consumado trabajo, los espíritus así evocados firmaron un pacto, mediante el cual tenían la obligación de ayudar al practicante a realizar *maravillas que estaban fuera de este mundo*, gracias a la utilización de cuadrados mágicos que habían sido aprobados por los espíritus correspondientes.

La primera parte del libro de Abramelin explica los viajes y las búsquedas que él hizo por todo el mundo; y de los diversos encuentros que tuvo con distintos magos y hechiceros, al ser un hombre versado en cábala y magia. El segundo libro explica en detalle la forma de preparar la realización de la gran Obra, las purificaciones y preparaciones preliminares que deberá realizar el mago, las plegarias e invocaciones que deberá formular, las evocaciones de los espíritus rebeldes, etc. Además, este segundo libro posee un impresionante diccionario de demonología, en el que se incluyen las jerarquías demoniacas. Por lo que se refiere al tercer libro, encierra en sus diversos capítulos todos los cuadrados mágicos que se han de utilizar en el marco de este sistema mágico.

El manuscrito de Abramelin de Würzburg constituye una de las más importantes obras de la historia del ocultismo; el original se conserva cuidadosamente en la biblioteca del Arsenal, en París. Evidentemente, resultaría una ardua tarea transcribir aquí el ritual completo, teniendo en cuenta que se trata de una obra completa en sí misma. A pesar de ello, hemos escogido diversos cuadrados mágicos, a fin de que usted pueda conocerlos*.

CUADRADOS MÁGICOS EXTRAÍDOS DEL TERCER LIBRO DEL MAGO ABRAMELIN, A FIN DE OBLIGAR A CUALQUIER ESPÍRITU A QUE APAREZCA, Y PARA QUE ÉL PUEDA TOMAR LA FORMA QUE SEA, COMO LA DE UN HOMBRE, ANIMAL, PÁJARO, ETC.

Las operaciones de este capítulo se ejecutan por intermediación de los ministros Oriens, Paymon, Ariton y Amaymon.

---

* La confección de los cuadrados mágicos, según las reglas y el ritual consagratorio de Abramelin, resulta sumamente complejo y arduo para el practicante bisoño. Sepa, en primer lugar, que todas las operaciones se encuentran bajo los poderes ocultos de Entidades concretas y diferentes, según el cuadrado que se haya de fabricar. Cuando usted quiera crear un cuadrado mágico, necesitará disponer de un cuadrado de pergamino y de tinta negra. Seguidamente, escribirá las letras que forman el cuadrado específico para la operación deseada. A continuación deberá consagrar y dedicar todo ello a la voluntad de los Seres y Demonios que gobiernen la operación hermética, de manera que los fuerce a provocar la operación mágica deseada, cuando llegue el momento en que usted quiera utilizar el cuadrado.

EL GRIMORIO DE LA MAGIA SAGRADA... 65

Tome el cuadrado mágico en la mano y nombre el Espíritu deseado, el cual aparecerá bajo la forma escogida.

Para hacerle aparecer bajo la forma de una serpiente.

U	R	I	E	L
R	A	M	I	E
I	M	I	M	I
E	I	M	A	R
L	E	I	R	U

Para que aparezca bajo cualquier forma de animal.

L	U	C	I	F	E	R
U	N	A	N	I	M	E
C	A	T	O	N	I	F
I	N	O	N	O	N	I
F	I	N	O	T	A	C
E	M	I	N	A	N	U
R	E	F	I	C	U	L

Para hacerle aparecer bajo forma humana.

L	E	V	I	A	T	A	N
E	R	M	O	G	A	S	A
V	M	I	R	T	E	A	T
I	O	R	A	N	T	G	A
A	G	T	N	A	R	O	I
T	A	E	T	R	I	M	V
A	S	A	G	O	M	R	E
N	A	T	A	I	V	E	L

Para hacerle aparecer bajo forma de pájaro.

S	A	T	A	N
A	D	A	M	A
T	A	B	A	T
A	M	A	D	A
N	A	T	A	S

PARA ESTIMULAR Y DESENCADENAR TEMPESTADES

Astaroth ejecuta las operaciones descritas en estas líneas. A fin de estimular y desencadenar una tempestad, dé la señal tocando con su cabeza la parte superior del cuadrado mágico. Cuando desee que la tempestad cese, toque el cuadrado por su parte inferior.

Para provocar granizadas.

C	A	N	A	M	A	L
A	M	A	D	A	M	A
N	A	D	A	D	A	M
A	D	A	N	A	D	A
M	A	D	A	D	A	N
A	M	A	D	A	M	A
L	A	M	A	N	A	C

Para provocar nevadas.

T	A	K	A	T
A				A
K				K
A				A
T	A	K	A	T

Para provocar lluvias.

S	A	G	R	I	R
A					
G					
R					
I					
R					

Para producir tormentas.

H	A	M	A	G
A	B	A	L	A
M	A	H	A	M
A	L	A	B	A
G	A	M	A	H

A FIN DE HACER QUE UN CUERPO MUERTO VUELVA A LA VIDA, Y QUE PUEDA PRACTICAR TODAS LAS ACCIONES DE UNA PERSONA VIVA, Y ESTO DURANTE UN PERIODO DE SIETE AÑOS, POR MEDIO DE LA INTERVENCIÓN DE LOS ESPÍRITUS.

Las operaciones que se mencionan seguidamente son ejecutadas por la mediación de siervos a las órdenes de sus jefes Oriens, Paymon, Ariton y Amaymon. Para llevar a cabo esta operación, aguarde el momento en que la persona muera, y coloque sobre su cuerpo cuatro copias del cuadrado mágico en la dirección de los cuatro puntos cardinales. Además, este mismo símbolo seberá estar cosido a la ropa que se le haya puesto al muerto.

Abramelin estipula que esta operación es la más difícil de todas cuantas se puedan practicar, por cuanto implica el concurso de todos los Espíritus-Jefes. También se dice que la vida no podrá prolongarse más de siete años.

B	Z	B	C	H	I	B	L
Z	B	O	F	R	A	S	B
B	O	R	I	A	L	A	I
C	P	I	R	T	A	R	H
H	R	A	T	R	I	F	C
I	A	L	A	I	R	O	B
B	S	A	R	F	O	E	Z
L	B	I	H	C	B	Z	B

Desde después de la salida del sol hasta mediodía.

Desde el mediodía hasta la puesta del sol.

A	M	I	G	D	E	Lo
M	O	R	B	R	I	Eo
I	R	I	D	E	R	Do
G	B	D	O	D	B	Go
D	R	E	D	I	R	Io
E	I	R	B	R	O	Mo
L	B	D	G	I	M	Ao

Desde la puesta de sol hasta la media noche.

I	O	S	U	A
O	R	I	L	U
S	I	S	I	S
U	L	I	R	O
A	U	S	O	I

Desde la media noche hasta la salida del sol.

P	B	G	B	R
B	T	I	A	B
G	I	S	I	G
B	A	I	T	B
R	B	G	B	P

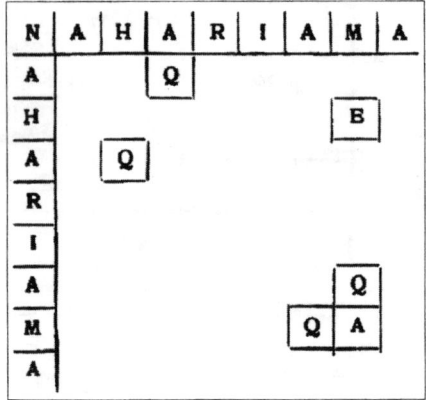

A fin de poder nadar durante 24 horas sin cansarse.

A fin de permanecer sobre el agua durante dos horas.

A FIN DE CAMINAR SOBRE EL AGUA Y PODER OBRAR BAJO ELLA

No se ha proporcionado explicación alguna sobre lo que atañe a los Espíritus con cuya ayuda se efectúa esta operación, ni cómo se ha de utilizar el cuadrado mágico.

A fin de mantenerse 24 horas sobre el agua.

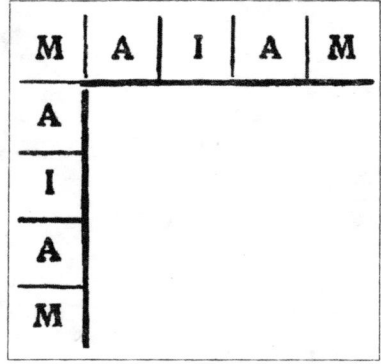

A FIN DE ABRIR TODA CLASE DE CERRADURAS, SIN NECESIDAD DE LLAVES NI HACER RUIDO ALGUNO

Amaymon y Ariton logran realizar conjuntamente los efectos de estas operaciones mágicas. Para ejecutar esta operación, toque la cerradura, que deberá ser abierta con el lateral del cuadrado mágico en el que se encuentran escritos los símbolos, y se abrirá sin ninguna dificultad. Cuando usted desee volver a cerrar esta cerradura y bloquearlo todo de nuevo, toque la cerradura con la parte del cuadrado en la que no hay nada escrito, con lo que volverá a ser efectiva sin que queda la menor huella de ninguna infracción.

Para abrir las puertas.

	S	A	G	U	B
	A				
	G	O	R		
	U			D	O
	B				S

Para abrir los candados.

R	A	T	O	K
A	K		
T			
O		Q	U
K			R

Para abrir los osarios.

B	A	R	I	A	C	A
A				Q		
R						
I						
A	Q					
C						
A						

Para abrir las cajas fuertes, los cofres y los féretros.

S	B	Q	O	R
B				
Q		S		Q
O				
R		Q		S

Para abrir las prisiones.

Segunda Parte

Los grimorios modernos

Las prácticas mágicas han ido evolucionando, por fortuna, de modo notable desde el momento en que fueron escritos los textos precedentes. Un buen número de las aplicaciones de la época cayeron en un cierto olvido, antes de reaparecer bajo una forma modernizada; y si ciertos *secretos* han permanecido hasta nuestros días tal y como fueron concebidos en su momento (y probablemente seguirán permaneciendo así para siempre), otros se han vuelto plenamente accesibles para nosotros.

Dentro de esta óptica vamos a ofrecer seguidamente, en esta segunda parte, una gran cantidad de otros rituales medievales que usted podrá poner en práctica, ya que han sido precisamente adaptados por los practicantes de las artes mágicas, los cuales han sabido preservar el carácter específico de los sortilegios y rituales, pero sustituyendo sus componentes originales por otros más actualizados.

Capítulo 6

Los celtas y el druismo

Un libro sobre la magia medieval no estaría completo si no se hiciera mención en él al importante aporte del saber oculto y colectivo de los celtas y de sus prácticas druídicas, pues muchas de estas han influenciado justamente en los métodos modernos, los cuales tienen, de una manera o de otra, bien ancladas sus raíces en el corazón de ese sabor esotérico íntimamente ligado a la naturaleza. Si nos ocupamos un poco del tema nos vienen, de forma inmediata, a la mente nombres e imágenes. Vemos círculos y monumentos de piedras, cadenas y podaderas, hombres y mujeres en blancas togas... y, de forma todavía más precisa, se escucha ese nombre hoy legendario: Merlin.

Hemos escogido, del fondo más profundo de la magia y del folclore céltico y druídico, cinco rituales verdaderamente impresionantes que usted, al igual que nosotros, disfrutará poniendo en práctica.

La llamada

El ritual de la llamada es de naturaleza gótica y necromántica; sus aplicaciones son profundas y se remontan a una época muy lejana. Desde hace casi mil años, el siguiente epitafio, grabado sobre una piedra funeraria, es recitado por numerosos ocultistas y practicantes de magia.

Bedd Ann ap lleian ymnewais fynydd
lluagor llew Ymrais
Prif ddewin Merddin Embrais.

Esta tumba representa el lugar de reposo de nadie más que del muy grande Merlin. Así pues, no sorprenderá nada que el siguiente ritual de llamada constituya una práctica que sirva para llamar a la sombra —o a la forma transparente— del mago Merlin, a fin de recibir de él consejos y sabiduría.

Ritual

En primer lugar, usted deberá procurar memorizar este epitafio que le servirá para evocar la sombra de Merlin. Para facilitar la empresa, vamos a dar una versión fonética y la transcripción integral en lengua castellana.

Beth Ahn Ahp T-Lay'in, eem-New-ais Feen-ith
T-loo-Ah-gor T-loo Eem-rais
Preeve Dew-in Meer-thin Ehm-rihs.

(La tumba del hijo de la religiosa sobre la montaña Newais:
Señor de la batalla, Llew Embrais,
Mago jefe, Myrddin Emrys.)

El ritual debe practicarse en una jornada de umbral, es decir, al crepúsculo o a la medianoche, durante la luna negra, y mejor todavía, la víspera de Samhain, el 31 de octubre, a medianoche. Además, deberá hacerse en un paraje adecuado, preferentemente en un cementerio (y, si es posible, sobre una colina), lejos de lugares habitados. Cuando usted haya encontrado el lugar ideal para llevar a cabo este gran ritual, preocúpese de hacer, en la mañana del día en que va a realizar esta evocación, un círculo de protección. Incluso, si se habla, en el ritual, de un círculo de cabezas, ello no quiere decir que se trata de cabezas auténticas, ya que es una fórmula meramente simbólica. Además, el ritual original precisa: «Nueve linternas encendidas de Pypmin (calabaza) en forma de cabezas se pondrán en círculo, y se orientarán hacia el exterior, y en el centro de todo ello estará el druida, que aportará la protección necesaria...».

Si la estación se halla demasiado avanzada para poder encontrar calabazas, entonces usted podrá utilizar linternas de barro cocido, siempre con forma de cabeza, u otro sustituto cualquiera que le parezca adecuado. En último caso, se podrían utilizar nueve bujías blancas.

También necesitará un incensario o un caldero de hierro en el que se quemará, sobre ascuas de carbón, un incienso compuesto de «la flor, la hierba y el árbol», es decir, un compuesto de absenta, datura y madera de tejo (también se puede utilizar madera de enebro o incluso de ciprés).

Vístase con una ropa oscura y aguarde la llegada de la noche. Treinta minutos exactos antes de la medianoche, diríjase al cementerio y penetre en el cículo mágico. Durante los siguientes treinta minutos mantenga encendidas las linternas y queme el incienso. Cuando sea medianoche, eche el resto del incienso sobre las brasas, siéntese en el centro del círculo y recite la llamada, lentamente, nueve veces consecutivas; espere entonces pacientemente hasta que aparezca la sombra de Merlin. En ese preciso momento, usted tendrá la oportunidad de hacer tan solo *tres* preguntas al mago. Relaje el espíritu, apague las brasas y espere a que la sombra se desvanezca, antes de abandonar el círculo mágico.

EL RITUAL DE LOS TRES RAYOS

El ritual de los tres rayos, o de las tres iluminaciones de Awen, es un ritual de protección y de purificación muy parecido al ritual de eliminación del pentagrama menor. Este ritual se empleará dentro del contexto de todo trabajo de ocultismo, cuando sea necesaria y deseada la presencia divina purificadora y protectora. También puede servir, además, para desvanecer o para invocar, si se practica a la inversa.

El simbolismo de los tres rayos es el siguiente: la «I» representa el aspecto femenino, las cualidades esenciales del agua, el rayo izquierdo de la diosa; la «A» representa el rayo del medio, o rayo de cristal, y simboliza las cualidades elementales del aire. En cuanto al último rayo de la derecha, la «O», es el rayo del fuego de Dios, representa el aspecto masculino y simboliza las cualidades elementales del fuego.

Ritual

- Quédese de pie en un lugar en el que haya luz, preferentemente de cara al sol.
- Cierre los ojos y respire profundamente con objeto de concentrarse mejor, y convertirse en un receptáculo de luz.
- Cuando haya conseguido un estado de gran calma, levante los brazos por encima de la cabeza.
- Inspire profundamente y, bajando los brazos a lo largo del cuerpo pronuncie la primera de las tres entonaciones (la de la «I») durante la espiración: *iiiiih*.
- Inspire de nuevo profundamente y repita el mismo gesto, pronunciando esta vez la segunda entonación (la de la «A»): *aaaaah*.
- Inspire profundamente y repita el mismo gesto, pronunciando esta vez la tercera entonación (la de la «O»): *oooooh*.
- Sin hacer pausa alguna, repita el conjunto en una única entonación: *iiiiaaaaooo*.
- Abra los ojos.

Este ritual es excelente para atraer hacia usted influencias benéficas. Para eliminar las influencias negativas, invierta simplemente el proceso, es decir, haga el mismo ritual de los rayos pero pronunciando las entonaciones comenzando por la de la «O», después la de la «A», y terminando por la de la «I». Además, invierta también el gesto, empezando con los brazos pegados al cuerpo y elevándolos lentamente hasta situarlos por encima de la cabeza.

Las dos formas de rayos: masculino y femenino.

RITUAL DEL PÓRTICO

Son muchas las culturas que practican —o han practicado en su época— el ritual del pórtico, ya fueran los egipcios, los sumerios o los atlantes. El pórtico, o portal, simboliza de algún modo la puerta espiritual, el paso hacia *el otro lado*. Los celtas le daban a este portal el nombre de Trilithon; pero en nuestros días esta puerta hacia el mundo del arquetipo se conoce generalmente como Tattwa.

La forma de practicar este ritual consiste en asociarle símbolos que representan el lugar concreto a donde se desea ir. Seguidamente, mediante un proceso de visualización, el practicante pasa a través del pórtico; lo franquea para encontrarse *al otro lado*, en esa otra dimensión específica que se hallará unida al símbolo utilizado.

Los símbolos y sus destinos

— Pórtico de piedras	Caer Sidis
— Calabaza grabada	Reino del Sol
— Caldero de hierro	Reino de la Luna
— Bellota dorada	Isla de los druidas (Ynys Mon)
— Manzana plateada	Avalon (Ynys Affalon)
— Cumbre de una montaña	Monte Snowdon (Yr Widdfa)
— Espada de llamas rojas	Dinas Powis
— Corona incrustada de joyas	Dinas Emrys
— Arpa de siete cuerdas	Llyn Tegid (Lago Bala)
— Bujía negra	Annwn
— Barco de cristal	El otro Mundo
— Rosa azul	La isla Lyonesse

Ritual

Adopte una postura cómoda, ya sea acostado o sentado, de modo que pueda olvidarse de su cuerpo mientras dura el ritual completo. Tranquilice su mente, dejando que los pensamientos vayan y vengan, sin retenerlos, hasta que haya logrado un estado de vacío mental, y se encuentre tranquilo y distendido. Cierre entonces los ojos y visualice un pórtico de piedra; en el umbral de ese portal, sobre el suelo, se encuentra el símbolo del destino que usted ha escogido para utilizar en ese ritual. Avance hacia el pórtico y deténgase, colocando los dos pies sobre el mencionado símbolo; visualice esta escena lo más claramente posible durante sesenta latidos cardiacos, como mínimo; después, atraviese el pórtico en su *forma del otro mundo* para llegar al otro lado. A partir de ese momento, ya será libre de explorar ese otro mundo a su gusto.

Si el ritual se ha efectuado de forma correcta, usted se encontrará en el mundo del arquetipo del símbolo utilizado. Cuando desee regresar a su cuerpo y concluir el ritual, vuelva sobre sus pasos y franquee nuevamente el portal en sentido inverso, a fin de regresar a su punto de partida. Tenga presente que los símbolos descritos anteriormente se encuentran íntimamente ligados a la cultura céltica, pero que no importa que escoja cualquier otro que se halle unido a culturas ancestrales. Si desea quemar incienso, la utilización de un compuesto de datura, enebro y lobelia puede resultar benéfica, aunque esto sea facultativo.

RITUAL DE INSPIRACIÓN Y DE VIDAS ANTERIORES

El antiguo nombre druídico de este ritual es más exactamente *El rito de Awen;* Awwen significa la inspiración o iluminación recibida de lo alto, de las altas esferas espirituales, por un alma de aquí abajo. Se dice, además, que cuando una persona vive esta iluminación acaba de renacer. Este ritual puede practicarse en todo momento, y sobre todo cuando la vida se hace caótica, y todo parece estar confuso en ese momento en que hemos de tomar una decisión personal importante.

Este ritual solitario ha de practicarse durante uno de los tres umbrales, ya sea al alba, al crepúsculo o a medianoche. Justo antes de que comience el ritual, debe recitarse la poderosa invocación siguiente:

Para bañarme en las aguas de la vida,
a fin de lavar aquello que no es humano,
llego a la aniquilación personal,
y a la grandeza de la inspiración.

Seguidamente, y si así lo desea, puede realizar el ritual de los tres rayos como prólogo.

Una vez hecho eso, prepare un fuego en el interior de un caldero de hierro (pero no lo encienda inmediatamente) y eche en él una pequeña cantidad de alcohol. Haga entonces su pregunta tres veces, echando cada vez un puñado de belladona en el caldero. A la tercera vez, encienda el fuego en el caldero de manera que pueda inflamarse el alcohol. Seguidamente trate de sentarse tranquilamente, mirando fijamente durante todo el tiempo al fuego que se encuentra en el interior del caldero, hasta que se le presente la iluminación, de forma simbólica, naturalmente. El rito de Awen también se emplea para explorar las vidas anteriores; en tal caso se debe sustituir la belladona por bálsamo de Gilead.

«Yr Gwyddbwyll»

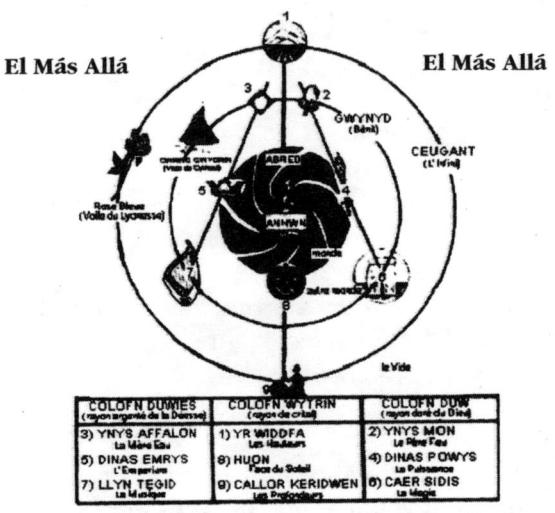

LA CARTA DE LA VIDA

Este ritual proporciona un crecimiento de la fuerza interior, y un cambio en la vida del practicante; es decir, que favorece un deseo de transformación. Para practicarlo, usted deberá, ante todo, decidir sobre qué problema de su vida (o sobre qué acción) desea actuar. Para conseguirlo, aténgase al mapa que aparece en la figura (que es el equivalente al Árbol de la Vida cabalístico) con objeto de estudiar convenientemente los símbolos.

Medite sobre esta carta a fin de comprender de forma adecuada sus implicaciones y las asociaciones que representa. De este modo podrá llegar a determinar las distintas formas de energía que existen en las diferentes secciones representadas. Así, de una forma intuitiva, usted será capaz de juzgar la mejor manera de utilizar esas energías para conseguir el resultado deseado.

Ritual

Para empezar, necesitará reproducir la carta anterior (haciendo una fotocopia de ella, por ejemplo), y después la colocará en el centro de su altar. Ya sea un día festivo (el sabbat) o un periodo de umbral —al alba, al crepúsculo o a la medianoche— extienda las manos sobre la carta y recite la gran invocación:

Para bañarse en las aguas de la vida,
a fin de lavar lo que no es humano,
llego a la aniquilación personal,
y a la grandeza de la inspiración.

Seguidamente, coloque sus símbolos sobre la carta de la vida en un orden preciso y determinado, teniendo muy presente que, al hacer esto, usted se halla a punto de dirigir las energías según un esquema distinto, el cual se manifestará en el plano físico con tanta intensidad como la energía que usted haya puesto en ello. Para activar el proceso de cambio, recite el siguiente encantamiento druídico para la manifestación:

Anail Nathrock
Uthvass Bethudd
Dochiel Diende.

De este modo usted acaba de poner las fuerzas en movimiento. Déjelo todo así, sin mover nada, a menos que desee cambiar el curso de las energías, y repita el encantamiento druídico durante tres días consecutivos, siempre a la misma hora. Ya no tendrá nada que hacer más que esperar los signos de la manifestación.

Capítulo 7

Los clavos de alejamiento

DE TODO EL ARSENAL EXISTENTE en las prácticas medievales, hay ciertos objetos, hechos en hierro forjado, que siempre fueron utilizados para todo: los clavos. En efecto, los herreros eran personajes-clave en aquellas épocas, y muchos hechiceros y hechiceras acudían a ellos para conseguir los instrumentos y herramientas que necesitaban; por ejemplo, se utilizaban los clavos que se empleaban en la fabricación de los ataúdes y los utilizados para herrar los caballos. Teniendo en cuenta que un mago puede utilizar cualquier tipo de soporte para sus rituales, según le dicte su inspiración, comprendemos que se trate de un objeto en el que se condensará la voluntad del mago. Vamos a tratar aquí una adaptación moderna de estos rituales de alejamiento, realizados con esos mismos clavos.

El procedimiento es tan simple como eficaz. Un clavo servirá de representación para su petición de alejamiento, ya se trate de desembarazarse de una enfermedad, ya sea para que una cosa o una persona se aparte de su vida; en pocas palabras, para eliminar todo aquello que le atormenta y le molesta.

Aunque los clavos que se utilizaban antiguamente eran de hierro forjado, puede servirle cualquier clase de clavo que compre usted en la ferretería de la esquina.

Disponga de tantos como desee (el número necesario se concreta en el apartado «Componentes y accesorios» de cada ritual) y déjelos en remojo en un líquido que tenga cierto grado de acidez, por ejemplo el amoniaco o el jugo de limón, para que los clavos se emohezcan rápidamente; el resto del material que se vaya a utilizar se describirá en el momento oportuno en los siguientes rituales. Por lo que concierne a los inciensos que se vayan a emplear, deberá utilizar una mezcla de olíbano y azufre, o también cualquier tipo de incienso sustitutivo.

En resumen, tenga presente que los rituales de alejamiento deben practicarse siempre en luna menguante y, si fuera posible, bajo auspicios saturnianos, es decir, en las noches de sábado. Dicho esto, le animamos a que se muestre creativo y fabrique sus propios rituales basándose en los que a continuación le exponemos.

GRAN CRUCIFIXIÓN DE ALEJAMIENTO

Componentes y accesorios

- Cinco clavos enmohecidos.
- Una bujía (vela) negra.
- Una cruz de madera.
- Una muñeca de tela negra.
- Artículos personales que hayan pertenecido a la persona.
- Papel y pluma.
- Incienso.
- Aguja e hilo.

Ritual

Ante todo, fabrique una cruz de madera clavando dos láminas de madera, la una que cruce a la otra, y también una muñeca de tejido negro que rellenará de cualquier tipo de borra, cuidando de dejar una abertura en la cabeza. En una noche de luna negra (luna nueva), dentro de un círculo mágico, encienda la vela y el incienso. Diga seguidamente:

Os dedico esta obra de alejamiento, Espíritus y Elementos,
 a fin de que podáis alejar de mí (diga el nombre de la persona).
Por este acto, pongo fin a mis tormentos.

Tome la muñeca e introduzca en su cabeza los artículos que hayan pertenecido a la persona que usted quiere hacer desaparecer de su vida. Puede tratarse de un pañuelo utilizado, de un mechón de cabellos, de un poco de saliva, de sangre, etc. Cierre de nuevo la abertura de la muñeca, cosiéndola con aguja e hilo. Escriba el nombre de la persona en un pedazo de papel y fíjela a la parte posterior de la cabeza de la muñeca. Seguidamente, alce en alto a la muñeca y diga:

Tú eres (diga el nombre de la persona).
Tú eres (diga el nombre de la persona).
Tú eres (diga el nombre de la persona).

Guarde los cinco clavos en su mano izquierda y visualice durante el máximo de tiempo posible su deseo de hacer desaparecer a esa persona de su vida. Después, colocando a la muñeca sobre la cruz, coja un clavo y clave una mano, exclamando:

Estancamiento y olvido, yo te envío a los Espíritus
Para que ellos te lleven lejos de mí.

Seguidamente haga lo mismo con la otra mano, después con cada uno de los pies, repitiendo la frase cada vez que usted le coloque un clavo. Coja el quinto clavo y póngalo a la altura del corazón; después, mientras se lo clava con fuerza, exclame:

(Diga el nombre de la persona).
¡Lejos! ¡Lejos! Entrego tu alma a los Espíritus
Ellos te llevarán, desde ahora, lejos de mí.

Diríjase seguidamente a un cementerio. Busque un paraje sombrío y discreto orientado al norte, dedique su crucifijo a los Espíritus de alejamiento y clávelo en el suelo. Salga del cementerio sin volverse. Cada luna negra regresará al cementerio y, como ofrenda, encenderá una vela negra y el incienso a los pies de la muñeca crucificada, repitiendo el último encantamiento de este ritual.

CLAVO DE PASO

Componentes y accesorios

- Un clavo enmohecido
- Una vela negra
- Incienso.

Ritual

Levante su altar y trace un círculo mágico como de costumbre. Encienda la vela y el incienso. Seguidamente coja el clavo con su mano izquierda e invoque con sus propias palabras a las fuerzas de alejamiento a las que solicita ayuda. Pase el clavo por la llama de la vela visualizando su deseo para la cosa en cuestión (ya sea una persona, una mala costumbre, una enfermedad, una desgracia, etc.). Seguidamente, y sin dejar de insuflar su propio poder, pase el clavo por el humo y vea cómo el objeto que se quiere hacer desaparecer se axfisia bajo la fuerza de su voluntad. Guarde muy fuertemente el clavo en su mano y sopéselo maldiciendo verbalmente ese objeto sin pararse, al menos durante unos cinco minutos. Cierre el círculo mágico y deje que la vela se consuma. Coja el incienso y el clavo, salga fuera del círculo y paséese por los alrededores, buscando la huella de una pisada en el suelo. Cuando encuentre una reciente, arroje el incienso sobre ella diciendo:

¡Alejado! ¡Alejado! (Diga el nombre de la persona, o precise la entidad de la mala costumbre). *¡Tú estás alejado!*
¡Los Espíritus del alejamiento te trasladan a otro lugar!

Introduzca el clavo en la huella y abandone el lugar sin volverse, dejando que las fuerzas y los Espíritus del alejamiento continúen su trabajo.

CLAVO DE PUERTA

Componentes y accesorios

- Un clavo enmohecido.
- Una vela negra.
- Incienso.

Ritual

Una noche de luna menguante prepare su altar con todo lo necesario en el interior de un círculo mágico. Encienda la vela y el incienso. Dia seguidamente:

Por los fuegos celestes, aquí llamo a los Espíritus de alejamiento a fin de que (diga el nombre de la persona) *se olvide de mi existencia.*

Agarre su clavo con la mano izquierda y visualice con fuerza a la persona viviendo en una casa a la que nadie va, y en donde todo es decadencia y ruina. Condense esa fuerza en una poderosa fuerza de energía al nivel del plexo solar. Durante esta visualización, déjese ir, no dude en gritar si es necesario. Llame mentalmente a los seres de alejamiento para que condensen sus fluidos con los de usted. Seguidamente, cuando la esfera se vuelva brillante, proyéctela en el clavo haciéndola pasar por el brazo y la mano que sotiene el clavo. Diga de inmediato la siguiente salmodia:

*Por los fuegos de los espíritus del olvido,
clavo de alejamiento, ¡apoya mi voluntad!*

Apague la vela con los dedos pulgar e índice y diríjase directamente a la casa de la persona, con el resto de los elementos, cuidando de recoger una piedra por el camino. Deposite el resto del incienso y de la vela en el umbral de la puerta de la casa en la que vive esa persona; después, piedra en mano, fije el clavo en la puerta de entrada con un único y fuerte golpe, pronunciando de nuevo el encantamiento. Abandone el lugar sin más miramientos.

CLAVO DEL ÁRBOL MUERTO

Componentes y accesorios

- Un clavo enmohecido
- Una vela negra
- Incienso

Ritual

En el extremo de un pergamino virgen escriba tres veces lo que usted quiere alejar de su vida. Trace un círculo mágico. Encienda la vela y queme el incienso. Invoque seguidamente las fuerzas de alejamiento para que ellas le ayuden en el ritual. Relájese. Coja el clavo con la mano izquierda y, teniendo siempre el objeto delante de usted, visualice a la persona o la cosa que desea alejar. Tras una media hora de concentración intensa, alce el clavo en lo alto y, con la mano derecha, tienda el objeto a las fuerzas que se encuentran ante usted. Diga con fuerza y convicción:

Vientos de ira y de violencia,
espíritus de alejamiento y quimeras,
he aquí a (diga el nombre de la persona o de la cosa que se ha de alejar).
¡Yo la entrego a vuestra terrible cólera,
llevadla lejos y fuera de mis fronteras!

Visualice durante un momento más cómo se condensan las energías en su clavo. Enseguida, pida a las fuerzas y a los Espíritus de alejamiento que le sigan, y váyase a un campo (o a un parque) con todo su material. Al pie de un árbol muerto encienda la vela, y mientras quema el incienso, diga en voz alta:

Vientos de cólera y de violencia,
Espíritus y quimeras, aceptad mi ofrenda.
Que (diga el nombre de la persona o de la cosa que se quiere alejar de uno) *me deje para siempre, que abandone esta tierra.*
¡Espíritus y quimeras, he aquí mi ofrenda!

Seguidamente, y ayudándose con una piedra clave el borde del pergamino sobre el árbol muerto, dando tres golpes en el clavo enmohecido. A cada golpe, pronuncie el nombre de la persona o de la cosa que se quiere alejar definitivamente. Sin más, abandone el lugar. Volviendo la espalda al árbol, diga:

¡Esto está hecho! ¡Que se satisfaga esta voluntad!

Preste atención a los ruidos de la noche.

CLAVO PARA ALEJAR UN PARAJE

Componentes y accesorios

- Un clavo enmohecido.
- Una vela negra.
- Incienso.
- Tinta negra.
- Una aguja esterilizada.

Ritual

Bajo los auspicios de una luna en declive, trace un círculo mágico y encienda una vela e incienso. Invoque y dedique este ritual a las fuerzas y a los Espíritus de alejamiento a fin de que le aporten ayuda. Encierre (y lleve) el clavo en su mano izquierda, meditando en su deseo, es decir, en el paraje que desea alejar de las influencias nefastas. Sobre el pergamino virgen escriba con tinta negra una lista exhaustiva de todo lo que desea alejar de este paraje; una persona, la melancolía, el odio, etc. Seguidamente, pase el clavo por la llama de la vela diciendo:

Por este clavo, yo alejo (diga el paraje),
a fin de que (diga lo que ha escrito).

Enumerando siempre las condiciones de alejamiento escritas, pase la hoja por el humo del incienso. Pinche su dedo meñique con la aguja y vierta una gota de sangre sobre el incienso, diciendo:

*¡Espíritus de alejamiento,
tomad esta prueba de mi alianza como sacrificio!*

Vierta otras tres gotas sobre el clavo. Mientras está ardiendo la vela, invoque a los Seres de alejamiento y visualice el lugar escogido. Cuando la vela se extinga por sí sola, vaya inmediatamente al lugar del alejamiento. Busque un paraje propicio y clave la lista con el clavo mágico.

ABISMOS LEJANOS

Componentes y accesorios

- Un clavo enmohecido.
- Una vela negra.
- Incienso.
- Moscas muertas.
- Un pergamino.
- Tinta negra.

Ritual

Para aquellos que tienen agallas. Con objeto de alejar todo lo que quiera, trace un círculo mágico durante una noche de luna negra, y después encienda la vela quemando al mismo tiempo un poco de incienso. Dedique con sus palabras su ritual a los Seres y a los Espíritus de alejamiento. Llámelos verbal y mentalmente durante un momento, hasta que sienta su presencia. Escriba con tinta negra el nombre de la cosa que se quiere alejar en un extremo del pergamino y únalo al clavo. Seguidamente, elevando el clavo en alto con su mano izquierda, coja algunas moscas muertas y arrójelas a la llama de la vela, pronunciando con fuerza la abjuración de Belcebú:

Me dirijo a ti, Belcebú, príncipe de los Infiernos,
a fin de que, por tu intermedio, en este clavo se manifieste mi decidida voluntad de alejamiento.
Atormenta, mutila (nombre a la persona o a la cosa que quiere alejar) *en alma y espíritu.*
Tal es mi voluntad. ¡Que así sea!

Pase el clavo por el humo y aclare su petición al príncipe de los Infiernos. Mientras visualiza su deseo ya realizado, vea la poderosa energía de Belcebú así como la suya integrándose en el clavo. De vez en cuando, queme algunas moscas. Cuando la vela se haya consumido por completo, queme una última pizca de moscas y exclame la abjuración, con fe y con devoción. Seguidamente, salga del círculo, marche a un paraje sombrío, entierre el clavo con la punta hacia abajo, añádale otra pizca de moscas y recubra el agujero. Trace sobre todo ello un pentagrama invertido con la mano izquierda y, al abandonar el lugar, recite una vez más, en voz baja, la abjuración.

Capítulo 8

Rituales medievales con las piedras

En la época medieval la magia estaba basada en los recursos ofrecidos por el hombre, pero también por el que ofrecían los animales, los vegetales y los minerales. Y las cosas no han cambiado.

Cuando se es hechicero, o hechicera, mago o maga, es necesario saber innovar a fin de realizar bien nuestros rituales y conseguir los cambios que se desean. Se utilizan las piedras para formar círculos mágicos, y tenemos una excelente muestra de ello al contemplar ese maravilloso rincón de Inglaterra que recibe el nombre de Stonehenge. Pero todavía se puede hacer mucho más con las piedras, integrándolas en nuestros rituales cotidianos. Con un poco de astucia y de imaginación (¿sabía usted que esas son dos de las aptitudes importantes para la magia?), usted llegará a crear sus propios rituales de piedras, como se hacía en pasadas épocas históricas.

¿Qué piedras utilizar?

Seguro que esa es la primera pregunta que se formula. Pues bien, la respuesta es simple: no importa cuáles puedan ser. Utilice toda clase de piedras de buen tamaño para llevar a buen término el ritual, eliminando, eso sí, las piedras que sean muy grandes o demasiado pequeñas. Pero no tome ninguna otra medida sobre este punto, ya que de forma rápida e intuitiva sabrá qué tipo de piedra habrá de utilizar cuando prepare su ritual. Aprenda a tener confianza en sí mismo.

Veamos seguidamente tres ejemplos que le sirvan de inspiración.

RITUAL DE LA CAZA-NEGRA

El objetivo de este ritual es muy sencillo. ¿Hay alguna cosa, alguna persona o situación que lo inquieta, que le causa problemas emocionales y que le pone incómodo? Entonces elimine esa parte negra que le consume.

Componentes y accesorios

- Una piedra del tamaño de su mano.
- Una hoja de papel.
- Una vela blanca.
- Un bramante.
- Tinta negra.

Ritual

Realice este ritual preferentemente cuando la luna se halle en su fase menguante. Encienda una vela blanca. Seguidamente tome una hoja de papel y escriba en ella su petición, es decir, aquello de lo que usted quisiera verse libre. Veamos un ejemplo.

Yo deseo que (diga el nombre de la persona) *cese de atormentarme, que me deje en paz.*
¡Que siga su camino y que sus energías negras e impuras me dejen para siempre!

Cuando haya concluido su petición, coja la piedra con la mano izquierda y apriétela con todas sus fuerzas, mientras lee en voz alta lo que acaba de escribir, tres veces seguidas, lentamente y con fuerza. Cada noche, durante toda la fase menguante de la luna, encenderá su vela y recitará su petición, apretando siempre su piedra, como acaba de hacer.

La última noche, tras haber recitado su petición, apague la vela, enróllela con la hoja de papel, y después ate sólidamente la piedra a la vela con el bramante. Salga de casa y vaya a un lugar que se encuentre cerca de un curso de agua. Mantenga firmemente su paquete en la mano izquierda, y diga con fuerza:

¡Eso está hecho!

En ese momento tírelo todo al agua. Abandone el lugar sin darse la vuelta.

RITUAL DEL PASO DE PLOMO

¿Hay alguien en su entorno que le causa disgustos, alguna persona que le persigue sin cesar? Ya se trate de un jefe, de un empleado, de un amigo o de un pariente, ¿desea usted que cese esta situación? Entonces, practique el siguiente ritual para frenar sus ardores.

Componentes y accesorios

- Dos piedras del tamaño de su mano.
- Una muñeca pequeña.

- Una vela negra.
- Un objeto que haya pertenecido a la persona que le persigue.
- Papel.
- Tinta negra.
- Un bramante.

Ritual

Para empezar, confeccione una pequeña muñeca de tela, preferentemente negra, y después incorpore al relleno de borra de la muñeca un objeto que haya pertenecido a la persona en cuestión, puede ser un pañuelo, un mechón de cabellos, etc. Si no posee nada que haya pertenecido a esa persona, escriba simplemente sobre una hoja de papel su nombre y apellidos y su fecha de nacimiento, si la conoce, y ate esa hoja de papel a la espalda de la muñeca. Seguidamente escriba su petición con la tinta, como en el ritual anterior, citando con claridad lo que desea ver cambiar. Y dispóngase ya a actuar.

Durante la duración de toda la fase lunar menguante, y si es posible a la misma hora, repita la ceremonia indicada seguidamente.

Encienda su vela y póngala justamente delante de la muñeca, sobre la que ya ha colocado su petición. Recite lentamente tres veces seguidas en voz alta su petición, mientras aprieta muy fuertemente en las manos las dos piedras. Vea cómo esa persona empieza a caminar despacio, cada vez más y más lentamente, cómo todos sus actos parecen realizarse a cámara lenta. Con ayuda del bramante, ate una piedra a cada pie de la muñeca (dejando unos 30 cm de bramante entre el pie y la piedra). Evidentemente, durante las siguientes ceremonias, usted ya no tiene que atar más piedras, sino apretarlas simplemente.

La última noche, después de haber recitado su petición, salga de casa y acerque a un sitio en el que haya un curso de agua. Manteniendo firmemente su muñeca en las manos, y mirando cómo las piedras cuelgan de sus pies, diga con fuerza:

¡Eso está hecho!

En ese instante arroje todo al agua. Abandone el lugar sin volverse.

RITUAL DEL MURO DE PIEDRAS

He aquí un extraño pero eficaz ritual de protección que podrá hacer fácilmente. Su objetivo es claro: protegerlo física y espiritualmente, contra todo lo que usted desee.

Componentes y accesorios

- Cuatro piedras del tamaño de su mano.
- Una vela azul.
- Una aguja esterilizada.
- Sal consagrada.
- Un clavo.

Ritual

Dese un paseo por el campo teniendo en mente que está buscando cuatro piedras que le van a producir protección y confort. Cuando esas piedras hayan aparecido ante su vista —dicho de otra manera: cuando usted se haya sentido atraído por unas piedras en particular—, lléveselas a casa y guárdelas en su cuarto de trabajo. Después, colóquelas sobre su mesa-altar, de acuerdo con los cuatro puntos cardinales; seguidamente, con un clavo grabe las palabras *Este, Sur, Oeste y Norte* sobre cada una de las piedras, de acuerdo con su posición. Seguidamente trace con la sal consagrada un círculo alrededor de las cuatro piedras. Por último, ponga en el centro su lámpara azul y enciéndala. Ahora ya estarán finalizados los preparativos básicos. Mire la disposición de los objetos sobre su altar: ella le inspira confianza y protección. Toque la piedra del este y diga:

Piedra de protección, seme propicia.
Te pido que todos los elementos protectores me obedezcan.
Por el este nada me toca, nada me afecta.
Mi muro de piedras que ahora he levantado me protege contra todo lo que es inmundo.

Seguidamente toque la piedra que está situada al sur repitiendo las mismas palabras (naturalmente, reemplace la palabra *Este* por el nuevo punto cardinal) y continúe de este modo por el oeste y el norte. Después, coja su aguja esterilizada, pínchese el dedo meñique de la mano derecha y vierta una gota de sangre sobre la piedra que está colocada al este, diciendo:

Protégeme (diga su nombre).

Repita la misma operación con la piedra del sur, del oeste y del norte; después tome una pizca de sal y viértala sobre cada gota de sangre. Finalmente, tome la vela y vierta la cera sobre cada piedra a fin de sellar la sangre y la sal. Vuelva a colocar la vela en el centro del altar, concéntrese intensamente y diga con fuerza:

Piedras de protección, sedme propicias.
Pido que todos los elementos protectores me obedezcan.

Por el este, el sur, el oeste y el norte, nada me toque, nada me afecte.

Mi muro de piedras que ahora he levantado me protege contra todo lo que es inmundo.

Coloque sus piedras en el lugar en el que pide protección, por ejemplo, en su dormitorio, en el salón, en su despacho, poniendo la piedra del este al este, la del sur al sur y así el resto.

Capítulo 9

Otros conjuros y rituales medievales

Un buen número de rituales medievales proceden directamente de grimorios austeros y rigurosos, como esos que hemos revisado conjuntamente en los capítulos anteriores. Pero si las prácticas que estaban en curso en aquella época eran tan numerosas, ello se debía a que existían ya tradiciones que habían ido trasmitiéndose oralmente, o bien de forma escrita, de hechicero en hechicero, de mago en mago. De este modo, los textos de otras épocas han contribuido a inspirar nuestras prácticas modernas, ya que los medios de transmisión del conocimiento han ido mejorando con el transcurrir de los siglos, permitiendo que hoy tengamos acceso a un conjunto de conjuros y de sortilegios, que son tan impresionantes los unos como los otros.

Imbuidos de este espíritu hemos transcrito algunas de estas antiguas prácticas, revelando rituales y sortilegios cuyo origen se pierde en la noche de los tiempos.

PARA NEUTRALIZAR A UNA PERSONA

Componentes y accesorios

- Un puñadito de incienso o de mirra.
- Un puñadito de limaduras de hierro.
- Un puñadito de sal.

- Un puñadito de raíces de lirio en polvo.
- Una vela blanca.
- Una botella.
- Un pergamino virgen.
- Tinta negra.
- Hilo negro.

Ritual

Con el fin de neutralizar el mal de ojo creado por personas que le desean el mal, mezcle la sal, el polvo de raíz de lirio y las limaduras de hierro. Después, sobre el borde de un pergamino virgen, escriba estas palabras con tinta negra:

Yo neutralizo las fuerzas de (diga el nombre de la persona)
a fin de que nada me toque.
Por todos los ángeles y todos los diablos,
tus fuerzas se debilitan y tú te acuestas.

Enrolle el pergamino, átelo con el hilo negro y colóquelo dentro de la botella. Añada seguidamente los otros componentes y cierre herméticamente la botella. Encienda la vela blanca y haga girar la botella en el sentido contrario a la marcha del sol, después de haber vertido cera sobre el tapón para encerrar mejor los componentes. Vaya después a un lugar que no haya sido cultivado y entierre en él su obra, tras asegurarse que ni hombre ni bestia podrá molestar a su botella. Abandone el lugar sin volverse.

LA HUELLA DE AMOR

Componentes y accesorios

- Una huella de pie.

Ritual

Busque en la tierra una huella del pie de aquella persona de la que usted desea conseguir su amor; recoja la tierra que forma esa huella y póngala bajo el sauce que tenga más cercano. Haga un agujero en la base del tronco del árbol, eche en él la tierra que ha traído y recúbralo todo, dejándolo como estaba. Al enterrar la huella del pie, diga las siguientes palabras, y la persona lo notará.

Si usted es mujer, dirá:

Mucha es la tierra que ya hay sobre esta tierra.
a mi amor le hago conocer este paso.
Pues yo soy la flor y él es el tronco,
yo soy la gallina y él es el gallo.
¡Arbol de saúce, empuja, empuja!
Haz que germine en su espíritu mi dulce pasión.

Si usted es varón, dirá:

Mucha es la tierra que ya hay sobre esta tierra.
A mi amor le hago conocer este paso,
pues ella es la flor y yo soy el tronco.
Ella es la gallina y yo soy el gallo.
¡Árbol de sauce empuja, empuja!
Haz que germine en su espíritu mi dulce pasión.

PARA SOÑAR CON LOS DIFUNTOS

Componentes y accesorios

- Flores de caléndula.
- Anís estrellado.

Ritual

Para mantener contacto a distancia con los difuntos por medio de los sueños, hágase una bolsita en la que meterá flores de caléndula y anís estrellado. Cuando se haga de noche, coloque el saquito bajo su almohada; de este modo, usted podrá entrar, durante el sueño, en comunicación con el mundo de los muertos.

EL PACTO DE LOS ÁRBOLES

Componentes y accesorios

- Ninguno.

Ritual

Esta práctica se debe a la magia druídica. Dese un paseo por el bosque o por un lugar arbolado y busque un árbol ya desarrollado; camine sin reflexionar, con la mente libre de todo pensamiento, y cuando se le presente el árbol, usted se dará cuenta de que es ese el que le conviene. Entonces, siéntese frente a él y establezca un profundo contacto con ese ser; entre en una perfecta armonía con él en comunión. Cuando usted sienta las vibraciones, pídale al árbol que venga en su ayuda. Explíquele lo que usted espera de él, y dígale que sus intenciones son puras. Al crear una alianza con el árbol y sus raíces, usted estará en comunión no solamente con ese árbol, sino también con todos los otros árboles que hay alrededor. Una vez que se haya establecido ese contacto, ya nunca más se sentirá usted solo y abandonado. Háblele en voz baja y de todo corazón, y él entenderá sus palabras. De este modo, usted podrá mezclar su conciencia y establecer un intercambio puro y noble. Sea respetuoso con él en todo momento, antes, durante y después de su meditación. Venga a ver a su compañero tan frecuentemente como le plazca; él no dejará tampoco de venir en su ayuda.

RITUAL DE LA MANZANA DE AMOR

Componentes y accesorios

- Una manzana.
- Un pergamino virgen.
- Tres cabellos de cada una de las personas de la pareja.
- Dos ramas de mirto verde.
- Dos hojas de laurel.

Ritual

Un viernes por la mañana, antes de la salida del sol, deberá ir a un prado y tomar de un manzano la manzana más hermosa que encuentre. Sobre un pergamino virgen escriba con su sangre su nombre y, en la línea siguiente, el de la persona que ame. Esa notita debe estar atada, mediante tres cabellos de cada una de las dos personas, a otra nota de pergamino en el que escribirá una sola palabra: *Sheva*. Una vez que haya hecho todo esto, parta la manzana en dos mitades, quítele el corazón y las semillas, y en su lugar ponga las dos notas unidas por los cabellos. Una cuidadosamente las dos mitades de la manzana con dos ramitas del mirto verde. Después seque la fruta en un horno hasta que se ponga dura; envuélvala con las hojas de laurel y colóquela debajo de la cabecera de la cama en donde duerme la persona amada, sin que ella se dé cuenta. Poco tiempo después, ella le manifestará su amor.

PARA DEVOLVER UN SORTILEGIO A LA PERSONA QUE LO HA LANZADO

Componentes y accesorios

- Arcilla.
- Alfileres y clavos.

Ritual

Componga toscamente con la arcilla la silueta de la persona que le ha lanzado el sortilegio. Dele a ese figurilla el nombre de la persona (para tener mayor éxito, añádale a la figurilla un objeto que haya pertenecido a esa persona), y pronuncie después las siguientes palabras:

Véngate, Satán

Clave un alfiler en el emplazamiento del corazón (cuando la arcilla se encuentra todavía blanda); llévese a casa esa figurilla y, al cabo de 30 días, clávele alfileres en todas las partes del cuerpo, y así durante tres o nueve días seguidos, según la importancia que tenga el caso. Al cabo de ese tiempo, el sortilegio habrá quedado conjurado.

PARA CONSEGUIR FAVORES

Componentes y accesorios

- Tres hojas de laurel.
- Un recipiente de barro cocido.
- Aceite de oliva.

Ritual

Para obtener los favores ansiados, tome un sábado, a mediodía, tres hojas de laurel en las que habrá escrito este salmo:

Ecce quam bonum et quam incundum.

Métalas seguidamente en un recipiente de barro cocido, cúbralas con el aceite y cuézalas. Si se frota el rostro con esta sustancia, conseguirá los favores solicitados.

PIEDRA DEL MAL DE OJO

Componentes y accesorios

- Una vela negra.
- Una piedra.
- Incienso de mirra.
- Un bol de agua.
- Un pergamino virgen.

Ritual

Como esta piedra resulta ideal para dirigir sus intenciones malintencionadas a alguien, usted puede programarla y enviarla a la persona sobre la que quiere hacer recaer toda clase de molestias. Encienda la vela y el incienso en una noche sin luna. Meta seguidamente la piedra en el bol que contiene el agua y concéntrese sobre todas las molestias y problemas que quiere causarle a la persona objeto de su antipatía. No deje de mirar fijamente la piedra. Al cabo de cinco minutos, escriba el nombre de la citada persona en el borde de un pergamino virgen y húndalo en el agua, diciendo:

Mi sortilegio es para ti; ahora tú estás bajo mi ley. Que se hunda todo lo que toques, que todo lo que hagas caiga en una trampa.

Haga llegar esa piedra a la persona que le corresponde.

PARA ECHAR MAL DE OJO

Componentes y accesorios

- Ninguno.

Ritual

El dedo índice sirve para echar un sortilegio malintencionado, dirigiendo la energía negativa hacia una persona o sobre un objeto que se le ofrecerá. Recite la siguiente invocación en voz alta:

Asmodeo, Belcebú, Sargatanas.
Vosotros que gobernáis sobre la cólera,
dadme fuerza para dirigir la mía
hacia la persona que pronto señalaré con el dedo,
¡fiat!
¡Fiat! ¡Fiat! ¡Que así sea!

Imagínese dominado por la cólera, después piense en un haz de energía que parte de su dedo y se dirige hacia la persona que señala. Inspire profundamente, espire, señale después a la persona con el dedo, imaginándose los tormentos que quiere infligirle.

MALEFICIO DE ODIO

Componentes y accesorios

- Arcilla.
- Alfileres y clavos.

Ritual

Haga con la arcilla la figura del sujeto al que quiere hechizar, y ponga su nombre en la parte posterior. Seguidamente, vaya clavando en esa figura de barro cada uno de los alfileres y cada uno de los clavos, diciendo cada vez que lo hace:

Una vez: *Vassis atatlos vesul etcremus, verbo san hergo diboliá herbonos*
Dos veces: *Vassis atatlos...*
Tres veces: *Vassis atatlos...*

Una vez hecho esto, entierre la figura de arcilla cerca de donde vive esa persona.

MALEFICIO DE ODIO MEDIANTE UN CABELLO

Componentes y accesorios

- Un cabello de la persona que se quiere hechizar.

Ritual

Realice esta operación en la medianoche de un viernes, habiéndose procura un cabello de la persona a la que se quiere hechizar. Durante los nueve días siguientes, cada noche, a medianoche, haga un nudo con el cabello. Al noveno día, queme el cabello y la persona sentirá el maleficio.

HECHIZO DE AMOR

Componentes y accesorios

- Un pergamino virgen.

Ritual

Escriba en un día viernes sobre un papel apergaminado virgen el nombre de la persona amada y colóquelo debajo de su almohada. En el momento en que se vaya a dormir, sujete la almohada en los brazos y apriétela fuertemente, como haría con la persona amada, y mientras lo hace no deje de repetir su nombre varias veces. Esa persona sentirá el amor que usted siente por ella.

SEMILLA DE AMOR

Componentes y accesorios

- Una vasija de barro.
- Barro.
- Semillas de albahaca.

Ritual

Para conseguir un amor, siembre una pequeña planta de albahaca en luna creciente (preferentemente, a finales de la primavera o del verano). Al plantar las semillas, diga las palabras siguientes:

Per Dominus Nostrum renes nostros et cor nostrum.

Riegue las semillas diariamente con ternura y delicadeza hasta que germinen, pronunciando cada vez que lo haga la frase siguiente:

Sono innamorata Grazie.

Cuando surja la planta, cójala con gran cuidado. Reconocerá a su alma gemela en los meses siguientes.

SORTILEGIO DE AMOR (1)

Componentes y accesorios

- Hierba enula campana.
- Ambar gris.
- Un saquito de seda verde.

Ritual

La noche de San Juan (24 de junio), tome la énula campana, séquela, redúzcala a polvo y mézclela con el ambar gris. Métala en un saquito de seda verde y llévela nueve días sobre el corazón. Después, haga de manera que pueda poner ese polvo en contacto con la piel de la persona amada, o bien haga que se lo trague mezclado en un zumo o en una copa de vino. La virtud de la planta desaparecerá dieciocho días después de su recolecta.

SORTILEGIO DE AMOR (2)

Componentes y accesorios

- Tres cabellos de la persona amada.
- Tres cabellos propios.
- Una brizna de lana roja.

Ritual

Ate tres de los cabellos de la persona amada con otros tres de los suyos con una brizna de lana roja, pronunciando las palabras siguientes:

Ure Sanctus spiritus renes nostros et cor nostrum Domine.

Escóndalo todo en un lugar por donde suela pasar la persona cuyo amor desea. Si eso no le resulta factible, queme los cabellos mezclados con hojas de laurel y de verbena un viernes bajo la claridad de la luna, concentrándose plenamente en su deseo.

PARA DESENMASCARAR A UNA BRUJA

Componentes y accesorios

- Ninguno

Ritual

Mirando al rostro de la supuesta bruja, pronuncie estas palabras:

Piroclitus Médiator, Agnus Ouis et alpha. Per nomina istius impero vobis demonibus, qui nabetis pactum cum illa ut detis minisignus habetis potestatem super eam.

Si su suposición es fundada, verá cómo la bruja, desenmascarada, trata de escaparse o de cambiar la expresión de su cara.

PARA ASEGURAR LA PROSPERIDAD DE UNA CASA

Componentes y accesorios

- Veintiocho espigas de trigo.
- Una cinta.

Ritual

Recoja en el campo, un poco antes de la siega, veintiocho espigas de trigo, y haga después cuatro gavillas de siete espigas cada una. Haga seguidamente una cruz con las gavillas, atándolas con una cinta, y colóquelas después sobre un muro que esté orientado al este. De un año a otro vaya renovando las gavillas, sin olvidarse de quemar las que corresponden al año anterior.

PARA GANAR EN EL JUEGO

Componentes y accesorios

- Un trébol.
- Un saquito de seda negra.

Ritual

Para ganar en el juego, tomo un trébol de cuatro o de cinco hojas en tiempo de tormentas y diga, haciendo el signo de la cruz:

Trébol o trébol largo, te tomo en el nombre del Padre y del Hijo y del Espíritu Santo, por la virginidad de la Santa Virgen, por la virginidad de San Juan Bautista, por la virginidad de San Juan Evangelista, para que me ayudes en toda clase de juegos.

Añada seguidamente:

El, Agios, Ischiros, Atanathos.

Guarde seguidamente ese trébol en un saquito de seda negra que habrá de llevar, como si fuera un medallón, cada vez que vaya a probar su suerte en el juego. Cuando no lo utilice, guárdelo cuidadosamente.

PARA IMPEDIR LAS DIFERENCIAS MATRIMONIALES Y EL DIVORCIO

Componentes y accesorios

- Dos huevos de codorniz.

Ritual

Para impedir que se produzcan diferencias y el divorcio en una pareja, tome dos huevos de codorniz, uno de macho y otro de hembra, y lleve el del macho al hombre y el de hembra a la mujer; se amarán tan tiernamente que ninguna persona podrá hacerles sentir odio del uno hacia el otro, ni siquiera mediante encantamientos y sortilegios.

PARA CONTRARRESTAR LAS QUEMADURAS

Componentes y accesorios

- Ninguno.

Ritual

Pronuncie las siguientes palabras:

Ángel guardián, sube al trono.
Jesús escucha un gran ruido.
Piensa que es un niño que se quema,
ve allí, sopla tres veces y lo curarás.

Después rece cinco padrenuestros y cinco salvemarías durante nueve días.

PARA DETENER LAS HEMORRAGIAS

Componentes y accesorios

- Ninguno.

Ritual

Diga poniendo el dedo sobre el corte.

*Dulce vena, contén tu sangre,
como Nuestro Señor Jesucristo contuvo la suya.*

Rece cinco padrenuestros y cinco salves.

PARA OBTENER EL AMOR Y LOS FAVORES DE UNA PERSONA (1)

Componentes y accesorios

- Una pestaña.

Ritual

El chico o la chica que desee ser amado tomará una pestaña que se caiga, sin que sea arrancada, y la meterá en su zapato derecho.

PARA OBTENER EL AMOR Y LOS FAVORES DE UNA PERSONA (2)

Componentes y accesorios

- Ninguno.

Ritual

Para hacerse amar de una persona, haga como que va a levantarle su horóscopo, para ver si se casará, y de ese modo logrará que ella lo mire directamente a los ojos. Cuando los dos se encuentren en esa postura, usted le dirá:

Kafé, Kasita non Kafelaet publia filiiomnibus suit.

Entonces podrá ordenar lo que desee a esa persona y ella obedecerá todo cuanto le proponga.

PARA OBTENER EL AMOR Y LOS FAVORES DE UNA PERSONA (3)

Componentes y accesorios

- Verbena.

Ritual

Frótese las manos con jugo de verbena y toque después a aquel o a aquella a quien quiera ofrecerle su amor.

PARA CONSEGUIR UN BUEN NÚMERO EN LA LOTERÍA

Componentes y accesorios

- Ninguno.

Ritual

Haga tres veces la señal de la cruz, y diga:

*Resieté et Rafité en honor de san Escorbis.
Dios me dé, me preserve del billete negro.
Y en honor de la bendita Virgen María:
Santoné, potené, apérota arma et armatoria.*

PARA ALEJAR AL DIABLO (1)

Componentes y accesorios

- Ninguno.

Ritual

Arrodíllese ante el sol naciente y pronuncie las siguientes palabras, mirándolo fijamente.

Il ergo gomet nunc queridas sesserant deliberont amei.

PARA ALEJAR AL DIABLO (2)

Componentes y accesorios

- Ninguno.

Ritual

Algunos dicen a los malos espíritus:

Jehovah, Dominus vobiscum.

O también:

Levántate, Surgat, Surgat; levántate.

PARA DESHACER TODOS LOS SORTILEGIOS

Componentes y accesorios

- Ninguno.

Ritual

Para levantar o deshacer los sortilegios, pronuncie simplemente las palabras siguientes:

An materi ar tud iah ihs. Pepred er. At at at at garu. Goude hou hou tet en vet man. Divez pep. On an en an.
Maru.

LA ESCALERA DE LA BRUJA

Componentes y accesorios

- Una vela negra.
- Una vela roja.
- Un bramante rojo.
- Incienso de olíbano.

Ritual

Cuando sea luna menguante, encienda el incienso y las velas. Concéntrese en su venganza durante un momento; después tome el bramante rojo y anúdelo diez veces, diciendo mientras hace cada nudo

Este primer nudo que hago causará (diga el nombre de la persona enemiga) *un dolor en la espalda.*

Este segundo nudo le producirá tal debilidad en las piernas, que le hará caer.

Este tercer nudo le producirá un dolor atroz en la cabeza, y lo pondrá enfermo.

Este cuarto nudo le producirá malestar en el estómago, obligándole a vomitar el alimento ingerido.

Este quinto nudo lo volverá impotente.

Este sexto nudo le producirá una fiebre elevada.

Este séptimo nudo le hará llorar a raudales.

Este octavo nudo le hará caer en el olvido y en la amnesia.

Este noveno nudo le producirá la degeneración de sus miembros.

Por este décimo nudo que yo hago, morirá y desaparecerá para siempre.

Guarde cuidadosamente ese bramante y consérvelo para incrementar sus poderes.

PARA ATORMENTAR A UNA PERSONA

Componentes y accesorios

- Una vela negra.
- Un objeto personal de la víctima.
- Un bramante negro.

Ritual

Tome el objeto de la persona a la que desea atormentar y átelo a la vela con el bramante negro. Encienda la vela y después concéntrese en su enemigo y en el mal que quiere que padezca. Durante todo el tiempo que dura el ritual, su víctima sentirá los efectos, sin que importe el lugar en donde se encuentre mientras usted realiza el ritual.

PARA CASTIGAR MEDIANTE LA VELA NEGRA

Componentes y accesorios

- Una vela negra.
- Mirra.
- Algunas gotas de sangre.
- Una pastilla de carbón.

Ritual

Durante una noche de luna menguante (los efectos todavía resultarán más terribles si se escoge una noche de luna nueva) arroje la mirra en un fuego de brasas de madera, y después unte la vela con la sangre. Seguidamente, vierta algunas gotas sobre las brasas, dedicando su obra a las fuerzas de las tinieblas. Concéntrese en la llama de la vela y pronuncie el siguiente encantamiento:

Negros espíritus de la noche que os eleváis desde las sombras del infierno.
Espíritus atormentadores, acercaos a mí.
Id inmediatamente a los apartamentos de (diga el nombre de la persona enemiga) *y hacedla quemar.*
Con los fuegos de la condenación eterna, por los crímenes que ha cometido conmigo.
Familiares de la sombra, tomad su cuerpo y anegadlo en el dolor.
Con cadenas que opriman su garganta y que ahoguen su respiración.
No regreséis a mí hasta que hayáis cumplido mi voluntad.
Pues si no, lanzaré sobre vosotros la cólera del Dios poderoso.

PARA CONSERVAR LA FIDELIDAD DE UNA PERSONA

Componentes y accesorios

- Una vela negra.
- Una copa de vino tinto.

Ritual

Para hacer de manera que su amor se mantenga fiel y no se interese más que por usted, vierta, en noche de luna llena, nueve gotas de cera de su vela negra en la copa de vino tinto. Cada vez que una de esas gotas caiga en el líquido, pronuncie estas palabras, visualizando intensamente su deseo:

Si alguna vez (diga el nombre de la persona) *llega a alejarse de mí,*
que sea quemada por los fuegos infernales.
¡Que esto se haga según mi voluntad!

Cuando usted se encuentre nuevamente en presencia de esa persona, hágale beber la poción (de la que previamente habrá retirado los pedazos de cera).

PARA CONSEGUIR LA AMISTAD DE UNA PERSONA

Componentes y accesorios

- Una vela marrón.
- Incienso de olíbano.
- Cinco tréboles.
- Algunas gotas de su sangre.

Ritual

Encienda la vela marrón y el incienso de olíbano. Concéntrese en la idea de que una persona siente amistad por usted; después queme, uno a uno, los tréboles secos que, previamente, habrá mojado ligeramente en su propia sangre, en la llama de la vela, diciendo cada vez:

Espíritus de la noche, comprended mi súplica.
Por la presente yo contraigo esta amistad.
Enviadme (diga el nombre de la persona) *para que podamos pasar el tiempo juntos.*
¡Que se convierta en mi amigo inmediatamente!

PARA IMPEDIR QUE LE PONGAN LOS CUERNOS

Componentes y accesorios

- Un espejo.

Ritual

Rompa un espejo en el que se haya mirado la persona en cuestión; después, entierre los pedazos en su jardín durante la próxima luna llena, y en tres días consecutivos. Cada vez que suene la medianoche, diga las siguientes palabras:

Tú para mí, tú para mí.
Él para ella, él para ella.
Que nunca haya otro, que nunca te vayas de mi lado.

Este conjuro debe romper las malas costumbres de su amado.

PARA DOMINAR A SUS ENEMIGOS

Componentes y accesorios

- Trece clavos.
- Trece pedazos de papel.
- Una botella negra.

Ritual

Durante una noche de luna menguante, tome trece clavos de distinto tamaño. Introdúzcalos en una botella negra llena de agua de manantial; después, escriba el nombre de su enemigo trece veces sobre pedazos de papel e insértelos en el interior de la botella. Vaya a enterrar la mencionada botella, con el cuello hacia abajo, delante de la entrada de la casa de su enemigo.

CONJURO PARA PEDIR AYUDA A LAS POTENCIAS SUPERIORES

Componentes y accesorios

- Ninguno.

Conjuro

¡Potencias del Reino, poneos bajo mi pie izquierdo y en mi mano derecha! ¡Gloria y Eternidad, tocad mis dos

hombros y dirigidme por la senda de la victoria! ¡Misericordia y Justicia, sed el equilibrio y el esplendor de mi vida! ¡Inteligencia y Sabiduría, dadme la corona! ¡Espíritu de Malcut, conducidme entre las dos columnas sobre las cuales se apoya todo el edificio del Templo! ¡Ángeles de Netzan y de Hod, afirmadme sobre la piedra cúbica de Jesod! ¡Oh, Gedulaël! ¡Oh, Geburaël! ¡Oh Tiferet! ¡Binaël, sed mi amor! ¡Ruach Hochmael, sed mi luz, sed lo que eres y lo que serás! ¡Oh, Keteriel! Ischim, ayúdame en el nombre de Sadai. Querubin, sed mi fuerza en nombre de Adonai. Beni-Elohim, sed mis hermanos en el nombre del Hijo y por las virtudes de Zebaot. Elohim, combate por mí en el nombre del Tetragrammaton. Malachin, protégeme en el nombre de Iod-Hé-Vaut-Hé. Serafín, purifica mi amor en nombre de Elvah. Hasmalin, alúmbrame con los esplendores de Eloi y de Schechinah. Aralin, actuad; Pfanin, volveos y resplandeced. Hajot-Ha Kadosh, llorad, hablad, rugid, mugid: ¡Kadosh, Kadosh, Kados, Saddai, Adonai, Jotchavah, Eiazereie, Hallelu-Jah, Hallelu-Jah, Hallelu-Jah!*

CONJURO PARA COMBATIR A LOS DEMONIOS

Componentes y accesorios

- Ninguno.

Conjuro

Los dos conjuros siguientes proceden del gran rey Salomón, que hizo venir varias veces a espíritus y demonios para someterlos a su voluntad. Ciertamente se trata de dos de los más potentes que se conocen incluso en nuestros días, y de los que se dice que hacen temblar las puertas del infierno.

Conjuro de los cuatro

Caput mortum, imperet tibi dominus per vivum et devotum serpentem. ¡Cherub, imperet yibi dominus per Adam JOT-CHAVAH! ¡Aquila errans, imperet tibi dominus per alas tauri. Serpens, imperet tibi dominus Tetragrammaton per angelum et leonem. Michaël, Gabriel, Raphael, Anaël! ¡Fluat Udor per spiritum Elohim! ¡Maneat terra per Adam Jotchavah! ¡Fiat firmamentum per Iahuvehu-Zabaot! Fiat judicium per ignem in virtute Michael.

(Ángel de los ojos muertos, obedece o desaparece por virtud de esta agua santa. Toro alado, trabaja o regresa a la tierra si no quieres que yo te aguijonee con esta espada. Águila encadenada, obedece a este signo, o retírate ante este soplo. Serpiente reptante, ponte a mis pies o sé atormentada por el fuego sagrado, y evapórate con los aromas que yo queme. Que el agua retorne al agua; que el fuego queme; que el aire circule; que la tierra caiga sobre la tierra por virtud del pentagrama que es la estrella de la mañana, y en el nombre del tetragramma que está inscrito en el centro de la cruz de luz. Amén.)

Conjuro de los siete

En el nombre de Michaël, que Jeovah te ordene y te aleje de aquí. Chavajoth. En el nombre de Gabriel, ¡que Adonai te ordene y te aleje de aquí, Belial! En el nombre de Raphael, ¡desaparece ante Elial, Samgabiel! Por Samaël Zebaoth y en el nombre de Elohim-Gibor, ¡aléja-

te, Andraméleck! Por Zachariel y Sachiel Méleck, ¡obedece a Elvah, Sanagabril! En el nombre divino y humano de Schaddaï, y por el signo del Pentagrama que tengo en mi mano derecha, en el nombre del ángel Anaël, por el poder de Adamy de Héva que son Jotchavah, ¡retírate Lilith, déjanos en paz, Nahémah! Por el santo Elohim y los nombres de los genios Cashiel, Séhaltiel, Aphiel y Zarahiel, al mando de Orifiel, ¡apártate de nosotros, Moloch! ¡No te vamos a dar a nuestros hijos para que los devores!

Capítulo 10

La magia de los dragones

Los conocimientos necesarios

¿CREE USTED EN LOS DRAGONES? Pues bien, debería hacerlo. Durante cientos de años, los dragones han sido los arquetipos del poder y de la sabiduría. Se les evoca —cuando no se habla de ellos más claramente— en buen número de historias medievales, en los cuentos, en los mitos y las leyendas (que están muy a menudo inspiradas en hechos reales). Por otra parte, muchos creen que los dragones no son más que eso, mitos y leyendas, seres concebidos por la imaginación humana.

A pesar de eso, es necesario saber que estos seres majestuosos existen verdaderamente, si bien viven en otra dimensión, muy cercana a la nuestra, en el plano astral, lo que explica, por otra parte, por qué son tantos los que han fracasado en su búsqueda tratando de hallarlos en el interior de sus cavernas. Existe una *información*, algo que falta en ese conocimiento: los dragones no son seres físicos.

Bien enraizados en lo más profundo de las creencias medievales, los dragones controlan las energías elementales sentidas por los humanos. Cuando usted haya logrado entrar en contacto con las fuerzas del astral; cuando usted haya establecido una relación de amistad con los dragones, se dará cuenta bien pronto que ellos se convierten en poderosos ayudantes de mago y excelentes guardianes y protectores.

Teniendo bien presente que los dragones no viven en el plano material, se colige claramente que no se encuentran sometidos a las leyes temporales. Están ahí, por todas partes y al mismo tiempo, viviendo en compañía de todos los demás seres de los mundos sutiles; y tome nota igualmente de que a los dragones les gusta sentirse cerca de los parajes que se les parecen y que expresan su propia naturaleza. Así pues, los dragones de agua resultarán más fácilmente perceptibles cerca de los cursos de agua, de los lagos y ríos, mientras que los dragones de fuego preferirán lugares que reflejen su naturaleza ígnea, por ejemplo, los volcanes.

En lo que se refiere a saber si los dragones han vivido ya en el plano físico, como les sucede a los otros animales, es cuestión esa que se encuentra sometida a controversia, y toca a cada uno de nosotros el hacerse su propia idea. Por tanto, no es algo verdaderamente importante, por el momento, el que usted frene su opinión al respecto; si llega el caso en que logre llamar a uno de ellos y comunicarse con él, usted mismo podrá hacerle esa pregunta a su propio compañero dragón.

La actitud del practicante de magia

¿Le parece a usted que la magia draconiana es interesante? Pues tiene toda la razón, y además le será de una gran ayuda.

Dicho esto, y antes de pasar a la propia práctica de la magia de los dragones, hay muchos puntos que se han de comprobar para saber si usted se halla en condiciones de practicarla. Los requisitos no son cosas muy difíciles de poseer; sin embargo, no por ello son menos indispensables en esta parte de la magia.

Para empezar, un punto esencial: usted debe amar y respetar profundamente a los dragones. Sin ese tipo de sentimientos jamás habrá reciprocidad, y los dragones no solo le evitarán a usted, sino que huirán de su compañía. Además, si usted no se apasiona por esas bestias, probablemente no llegará hasta el final de estos dos capítulos.

Segundo elemento: la fe. Usted debe creer de todo el corazón en el poder de los dragones, porque si desea que ellos tengan confianza en usted, es evidente que usted también debe creer en ellos y en sus capacidades. Inmediatamente después viene la responsabilidad. Efectivamente, usted deberá asumir todos los resultados generados por su magia, sin tratar de evadirse de sus responsabilidades; los dragones se hallan al corriente de las leyes cósmicas y mágicas, y desean tener de compañeros a personas que les respeten.

Por otro lado, usted deberá tratar a los dragones como a sus iguales, *sin que en ningún momento intente controlarlos o mandarlos*. Porque obrar de otro modo, incluso con los dragones más dóciles, no solo sería una conducta mezquina, sino también peligrosa para el practicante que se expusiera a su aliento devastador; hablando siempre, como es natural, en el campo de la magia.

En fin, sea siempre claro y muy preciso en todos sus pensamientos y en todas las acciones que lleve a cabo. En la magia draconiana, el mago, o la maga, no debe albergar ninguna duda sobre su derecho natural a pedir la ayuda a las poderosas entidades del astral. Como la mayor parte de los seres físicos y sutiles, a los dragones no les gusta trabajar con personas indecisas o confusas, que realmente no saben lo que desean, y adónde quieren ir cuando practican sus rituales.

A la búsqueda de los dragones

¿Cómo ir en busca de estos seres de sabiduría y cómo utilizar sus poderes? Ante todo, usted debe saber que los dragones no dan nada por nada. Si usted cree que los puede llamar para que cumplan todos sus deseos, se equivoca por completo; tiene que existir un intercambio entre el mago y los dragones; un intercambio que se haga a nivel de la energía desplegada durante los rituales y que está en conjunción con sentimientos puros.

¿Cómo conseguirlo? Ante todo, le sugerimos que consagre un espacio dedicado a la magia draconiana; una habitación en la que usted practicará sus rituales e invocará a los dragones; pero advierta también que en ciertas ocasiones resulta interesante practicar los rituales al aire libre, en selvas, bosques o en la montaña. Si usted dispone de un jardín, puede disponer de un rinconcito para sus prácticas mágicas, construyendo en él un círculo mágico con piedras. En lo que se refiere a su sala de trabajo, usted puede decorarla, por ejemplo, con figuras de dragones, o con piedras semipreciosas de colores agradables; en resumen, con todo aquello que le pueda ayudar para atraer a los dragones.

Para concluir, agudice sus conocimientos mediante la lectura. Le aconsejamos que lea lo más posible sobre los dragones, de forma que pueda conocerlos previamente. Dese una vuelta por la biblioteca de su barrio, o de otra ciudad, y vea lo que puede descubrir. Mediante el estudio de los dragones, mediante sus pensamientos dirigidos hacia ellos, y mediante los ejercicios preparatorios que le presentamos, esté seguro de que los dragones estarán al corriente de sus pasos y que estarán vigilantes con el fin de descubrir si usted es digno de su compañía. Mantenga buenos sentimientos hacia ellos, y ellos no dejarán de venir a visitarlo.

PRINCIPALES UTENSILIOS PARA LA MAGIA DRACONIANA

Los utensilios mágicos son la extensión de la voluntad del mago sobre los planos de la existencia; magos y brujos han buscado siempre los medios necesarios para incrementar sus poderes mágicos mediante tales instrumentos, y la magia draconiana no se escapa a esta regla. Existe una serie de instrumentos que usted mismo podrá confeccionar con poco coste, y que le resultarán muy útiles durante sus prácticas. Si usted practica la magia desde hace algún tiempo, sin duda ya tiene en su poder algunos de estos instrumentos mágicos básicos. De este modo podrá utilizarlos en sus ejercicios cotidianos.

El pentáculo

El pentáculo es necesario para las consagraciones y para cualquier otro trabajo mágico. Generalmente es de metal o de madera. Hay quienes lo prefieren cóncavo (un poco parecido a un plato), y otros que lo quieren totalmente plano. El pentáculo pertenece al espíritu y a la tierra; ayuda a equilibrar y a controlar los elementos. Una forma muy sencilla de fabricarlo consiste en agarrar un disco de madera y pintar en él un pentagrama —una estrella de cinco puntas—, que puede ser blanca sobre fondo negro.

El pentáculo draconiano

Este pentáculo se utiliza corrientemente en los rituales como un medio para establecer su autoridad, a la hora de llamar a los dragones. Compete al elemento

espíritu. Usted puede utilizar otro disco de madera o de cartón, y pegue en él una figura parecida a la ilustración que se ve al lado. Tenga presente que en ese pentáculo, ha de figurar sobre el pentagrama el dibujo de un dragón.

La espada

La espada mágica es el utensilio básico en los rituales de la magia de los dragones. Ciertos practicantes la asocian al elemento aire, mientras que otros la asocian al elemento fuego; en este punto le sugerimos que usted se atenga a su propio criterio. Es evidente que comprar una espada resulta un gasto muy considerable, pero existe un modo de que usted pueda fabricar una buena espada mágica sin que ello le suponga, de ninguna manera, una merma considerable a su presupuesto.

Para fabricarla, necesitará una lámina de metal que podrá comprar en un negocio de recuperación de metales, o en cualquier buena ferretería por unos diez dólares. Una pieza metálica de este tipo suele medir, por lo general, unos dos metros de largo por tres centímetros de ancho, lo que es más que suficiente para hacer, al menos, dos espadas. Si usted sabe de alguien que también quiera hacerse su espada, comparta con él los gastos, lo que resultará beneficioso para ambos. Solo necesitará afilar uno de sus extremos y hacerle una empuñadura confortable, utilizando tela o cuero, lo que tenga más a la mano y le resulte grato. Su espada mágica no necesita tener funda, si bien debe recordar que en algunos rituales ha de blandirla en el aire.

Hágase, pues, una que no sea ni muy grande ni muy pesada. Y, al igual que la fabulosa *Excalibur*, cuando la tenga terminada, póngale un nombre que evoque su poder, por ejemplo «Fuego de dragón» o «Draconnia».

La daga o catana

Si usted dispone de un cuchillo mágico, utilícelo. Si prefiere fabricarse una segunda daga, el asunto queda a su entera elección, no obstante, deberá darle un nombre. La daga pertenece al mismo elemento que la espada, y le será útil para grabar, al igual que para los otros pequeños trabajos que haya de realizar en el interior del círculo mágico. También puede servir de sustituto de la espada, en el transcurso de un ritual al aire libre, cuando es necesario mostrarse más discreto.

La varita

La varita draconiana se utiliza para consagrar la sal, el agua y el vino. Puede ser un elemento de fuego o de aire, según usted lo considere. Haga su varita con un tarugo de madera, que podrá conseguir en cualquier tienda al efecto. La longitud no deberá exceder la de su brazo. Utilice pintura para decorarla a su gusto. Si es posible, fije en la extremidad de su varita un cristal o una piedra semipreciosa, como puede ser un granate, un jaspe, una amatista o una hematita.

El bastón

El bastón representa su autoridad mágica para llamar a los dragones y para trabajar con ellos. Simboliza igualmente el centro de todo, el elemento espíritu. Sirve para crear un puente para los dragones y, en ese sentido, se convierte en el lazo que lo une al plano astral.

Coja una rama o un tarugo de madera que sea más grande que el empleado para hacer la varita y decórelo como le parezca bien, dejando la inspiración en manos de los dragones. Como este utensilio representa el elemento espíritu, es decir, el control y el equilibrio de los elementos, trate de encontrar un elemento que represente este principio en su bastón mágico, utilizando pintura, cintas, piedras, etc.

Las copas

Usted necesitará dos copas: una para que contenga el agua, que es el elemento agua; la otra para que contenga el vino (o cualquier otro sustituto), que es el elemento tierra. A veces esta segunda copa se asocia al elemento fuego, cuando contiene la sangre simbólica. Utilice las copas que mejor le parezca, siempre que el material no sea poroso o peligroso, pues habrá de beber su contenido. Decórelas a su gusto, utilizando la escritura de los dragones.

La escritura de los dragones

Esta forma de lenguaje es de origen desconocido. No obstante, la utilización de este tipo de escritura

Escritura de los dragones

A	B	C, K	D
E	F	G	H
I, J	L	M	N
O, Q	P	R	S
T	U, V	W	X
Y	Z	Fin de phrase	

resulta muy grata a los ojos de los dragones. Utilícela, pues, en sus talismanes draconianos, para los sortilegios y encantamientos, y también para escribir su nombre mágico en sus utensilios.

La sangre de dragón

Es el incienso por excelencia, para utilizar en las prácticas de la magia draconiana.

Los ejercicios preparatorios

Dedicar el lugar de trabajo

Cuando usted haya preparado su lugar de trabajo, ya sea interior o exterior, hará el gesto dedicatorio que sigue, una declaración que tiene por objeto ligar la energía draconiana a su propia energía vibratoria. Sin embargo, asegúrese siempre de penetrar en su círculo mágico por el mismo sitio y de tener con usted (solamente por esta vez) una ofrenda de hierbas seleccionadas por usted mismo.

Manténgase de pie, en medio del círculo y mirando hacia el norte. Golpee tres veces el suelo con su bastón y diga:

¡Despiértate, oh soplo del dragón!
Llena esta tierra de bondad.
Bendíceme a mí y a los míos con tu energía positiva.

Y rechaza a todos aquellos que nos desean el mal bajo todas sus formas.

Yo acojo a los dragones en este lugar de poder.

*Que podamos trabajar en armonía y en amor.
Que este sagrado espacio se convierta en un asilo,
en un refugio que revitalice,
en una puerta que conduzca al conocimiento del Otro mundo.
Que tus poderes se unifiquen con los míos.*
(Arrodíllese y toque el suelo con la palma de la mano.)
*Para que yo, mi familia, mi comunidad, mi país, el mundo,
podamos convertirnos en seres íntegros y sanos.*

Golpee tres veces el suelo con su bastón mágico y haga su ofrenda de hierbas. Aproveche el momento para hacer una breve meditación, si así lo siente en su interior, o bien abandone el círculo por el mismo punto por el que entró. Sepa que, desde ese momento, usted acaba de aportar un cambio a la tasa vibratoria. Los dragones lo notarán.

LA MEDITACIÓN

Como los dragones habitan en el plano astral (el plano de las emociones), pueden captar sus sentimientos convenientemente. Mediante la meditación diaria, usted llegará a crear una atmósfera propicia para que se manifiesten. Además, al entrar en comunicación mental con ellos, no solamente se liga usted a esos seres de gran sabiduría, sino que también se hace usted susceptible de recibir los mensajes y la energía que los dragones le van a comunicar o a transmitir. Es posible que al principio dude usted de sus propios sentidos, pero no piense por ello que todas las experiencias que usted viva por la meditación son producto de su imaginación. Con el tiempo, estará capacitado para saber distinguir las cosas, las imágenes, las formas e incluso las sensaciones bien reales; por ejemplo, un ligero soplo en su cuello o entre los hombros (una señal que los dragones utilizan corrientemente para hacer sentir su presencia).

RITUAL DE ACOGIDA

Usted puede practicar este ritual tantas veces como le plazca. Instálese cómodamente, encienda una o varias velas y, si lo desea, encienda también un poco de incienso de sangre-de-dragón. Después, mirando hacia el este, cierre los ojos y haga tres profundas inspiraciones. Visualice una dulce y calurosa luz que lo rodea por completo. Cree mentalmente un aura propicia para los dragones; envíe su amor y sus sentimientos profundos de amistad a esos seres del astral. Vea cómo la luz se intensifica y el calor se hace cada vez más tangible. Cuando se sienta dispuesto para ello, pronuncie la siguiente invitación:

Aquí, en este lugar mágico dedicado a la magia,
queridos dragones, sed bienvenidos.
Yo os invito a venir y a habitar
todo el tiempo que os plazca.
Consideradme (diga su nombre mágico)
como uno de vuestros amigos y camaradas
a fin de que podamos emprender
una relación de confianza y de participación de energías.

Capítulo 11

La magia de los dragones

Los rituales

Vamos seguidamente a abordar la parte práctica —y sin duda la más apasionante— de la magia draconiana, la de los rituales. Tenga presente que aunque la magia de los dragones es un asunto serio, no por ello debe usted prescindir, durante sus prácticas ceremoniales, de un espíritu placentero. Al practicar los siguientes rituales, esté seguro de que atraerá rápidamente a los dragones y que, muy pronto, ellos se convertirán no solamente en excelentes camaradas, sino también en unos magníficos ayudantes de mago. En todos los rituales deberá mantener permanentemente encendidas sobre su altar, al menos, dos velas, una negra a la izquierda y otra blanca a la derecha. También deberá utilizar durante todos sus rituales el incienso de sangre-de-dragón.

LA BENDICIÓN DRACONIANA

Este ritual consiste en bendecir y en consagrar sus utensilios mágicos. Usted puede consagrarlos todos al mismo tiempo, o solamente aquellos que haya frabricado hasta ese momento. Si algunos de esos instrumentos ya han sido consagrados antes de ese momento, también puede hacerlo por segunda vez. Pida a los dragones que los bendigan y que le aporten su poder. Si es posible, practique esta consagración durante una noche de luna llena.

Ritual

Trace un círculo mágico comenzando por el este. Cuando haya sido debidamente trazado, y de regreso ya al punto este de partida, diga:

Por el poder draconiano, este círculo está sellado.

Vaya a la parte trasera del altar. Encienda el incienso de olíbano y de mirra, o de sangre-de-dragón, señale el incesario con el dedo índice de su mano de poder y diga:

Por el poder draconiano, tú quedas purificado.

Tome solemnemente el incensario y dé la vuelta a su círculo mágico. De regreso a la parte trasera del altar, deposite el incesario, tome el pentáculo y páselo tres veces por el humo, diciendo:

Elemento tierra, por el poder draconiano, tú quedas purificado.

Deposite el plato de sal sobre el pentáculo. Con un movimiento circular de la mano, y el dedo índice señalando, dé tres vueltas al pentáculo, siguiendo el sentido de las agujas del reloj y diga:

Fuera de las tinieblas de la tierra y de la mar, queda consagrada esta sal.
Por el poder draconiano, tú quedas purificada.

Espolvoree algunos granos de sal sobre las cuatro esquinas de su altar para purificarlo; tome el pentáculo draconiano en su mano de poder y páselo tres veces por el humo del incienso, diciendo:

Elemento espíritu, por el poder draconiano, tú quedas purificado.

Con el pentáculo draconiano en la mano, diríjase al límite del círculo, en el este. Blandiendo en alto el pentáculo, diga agitándolo ante usted:

Dragones del aire, ved vuestro símbolo y aliado.

Diríjase hacia la frontera sur, y blandiendo en alto el pentáculo, y agitándolo ante usted, diga:

Dragones del fuego, vez vuestro símbolo y aliado.

Diríjase a la punta del oeste, y blandiendo en alto el pentáculo, y agitándolo ante usted, diga:

Dragones del agua, ved vuestro símbolo y aliado.

Diríjase a la frontera del norte, y blandiendo en alto el pentáculo, y agitándolo ante usted, diga:

Dragones de la tierra, ved vuestro símbolo y aliado.

Vuélvase hacia el altar y deposite el pentáculo draconiano. Tome la espada, coloque suavemente la punta sobre el pentáculo de la tierra, y después pase la hoja tres veces por el humo, diciendo:

Espada de fuego (o de aire, según sean sus creencias), *o* (diga el nombre de la espada):

Por el poder draconiano, tú estás purificada.

Mantenga la espada sobre el pentáculo draconiano durante unos instantes, y después deposítela y tome su daga. Ponga suavemente la punta sobre el pentáculo de tierra, pásela después tres veces por el humo y diga:

Daga de aire (o de fuego, según sus creencias), *o* (diga el nombre de la daga):
Por el poder draconiano tú estás purificada.

Mantenga la espada sobre el pentáculo draconiano durante unos instantes, después deposítela sobre el altar. Si usted no dispone de todos sus utensilios, omita algunas de las partes que se indican a continuación. Repita los mismos gestos con todos los utensilios; es decir, toque el pentáculo, pase el utensilio por el humo del incienso y termine tocando durante unos instantes el pentáculo draconiano.

Varita:

Varita de fuego (o de aire), *tú que detentas el poder mágico*
y diriges la voluntad,
por el poder draconiano, quedas purificada.

Bastón:

Bastón del espíritu, autoridad y poder,
por el poder draconiano, quedas purificado.

Copa de agua, copa de vino (o de zumo):

Copa (de agua/de tierra),
por el poder draconiano, quedas purificada.

Una vez que sus utensilios se encuentren consagrados, pida a los dragones que le sean propicios, que compartan la energía producida por este ritual; pídales igualmente que le acepten como camarada.

Cierre el ritual de la siguiente manera:

Mantenga en alto la espada delante de usted, cogida con la mano de poder, y la varita o el bastón con la otra mano; vaya hacia el este y pronuncie la frase siguiente (obrará seguidamente de la misma forma, dirigiéndose al sur, al oeste y al norte):

Dragones del aire
ved los instrumentos de magia consagrados
por el poder draconiano.
Que podamos ser Uno en la Magia.
¡Hasta pronto, oh, Grandes y Sabios dragones!

Regresando nuevamente al altar, puntee con la espada el pentáculo draconiano y diga:

Dragones del espíritu, grande es vuestro poder,
bendecid este altar con vuestro soplo inflamado.
Que podamos ser Uno en la Magia.
¡Hasta pronto, oh, Grandes y Sabios dragones!

Corte el círculo con su espada por el punto en que entró en él; apague las velas y deje que durante la noche descansen los utensilios mágicos sobre el altar.

EL RITUAL DRACONIANO BÁSICO

Después de trazar un círculo mágico, que ha comenzado y finalizado por el este, diga:

Por el poder draconiano, este círculo queda sellado.

Regresando tras el altar, encienda las velas, puntee el pentáculo draconiano con la espada y diga:

Dragones del espíritu, grande es vuestro poder,
bendecid este altar con vuestro soplo inflamado.
Que podamos ser Uno en la Magia.
¡Oh, Grandes y Sabios dragones!

Deposite la copa de agua sobre el pentáculo, seguidamente dé tres vueltas a la copa con la varita, y diga:

Aire, fuego, tierra, aportad el poder.
Agua terrestre y de la mar, sed purificadas

Levante la copa ante usted y diga:

¡Draconis! ¡Draconis! ¡Draconis!

Dé la vuelta al círculo, comenzando por el este, y vaya aspergiendo un poco de agua a medida que camina. Deposite el plato de la sal sobre el pentáculo y dé tres vueltas en torno de la sal portando la varita y diciendo:

Agua, aire, fuego, escucha mi deseo.
Sal terrestre y de la mar, sé purificada.

Salpique algunos granos de sal sobre los cuatro rincones de su altar y dé después tres vueltas con el incensario y la varita, diciendo:

Fuego de los Dragones, fuego de la tierra.
Aporta el poder, sé purificado.

Seguidamente dé tres vueltas con el incienso y la varita, diciendo:

Incienso mágico, incienso de fuerza.
Despierta a los Dragones, tú estás purificado.

Encienda el incienso, deposite el incensario sobre el pentáculo, después manténgalo en alto sobre el altar y diga:

¡Draconis! ¡Draconis! ¡Draconis!

Dé la vuelta al círculo, empezando por el este y aireando el humo del incienso. Tras regresar al altar, coja la espada con las dos manos y arrodíllese. Conéctese con los dragones y proyécteles sus sentimientos y su deseo de trabajar con ellos. Una vez hecho esto, levántese, puntee con la espada el pentáculo draconiano y diga:

Ved, Dragones y Soberanos de los Dragones,
soy (diga su nombre mágico),
un mago que busca la magia de los Dragones.
Con (diga el nombre de la espada) *entre mis manos,*
entro en el reino de los Dragones.
No para batirme, sino para lograr el saber y el poder.
Os saludo, ¡Oh, Ancianos y Sabios Dragones!
Aguardo vuestra bendición y vuestras directrices.

Mantenga la espada en esa postura hasta que sienta la bendición de los dragones. Cuando haya percibido la energía, baje la espada y sosténgala en su mano de poder. Tome el pentáculo draconiano con la otra mano y vaya hacia el este. Mantenga en alto y delante de usted el pentáculo y señale, al mismo tiempo, la espada que también se encuentra ante usted. Trace el siguiente pentagrama, invocando con la espada y diciendo:

De SAIRYS, Soberano de los Dragones del este,
  aporta el prodigioso poder del aire.

Sienta cómo el poder elemental penetra en su cuerpo; repita seguidamente el mismo gesto, dirigiéndose hacia el sur:

De FAFNIR, Soberano de los Dragones del sur,
aporta el poder prodigioso del fuego.

Hacia el oeste:

De NAELYAN, Soberano de los Dragones del oeste,
aporta el poder prodigioso del agua.

Hacia el norte:

De GRAEL, Soberano de los Dragones del norte,
aporta el poder prodigioso de la tierra.

Regrese seguidamente al altar y deposite en él los utensilios.

Ahora usted ya se encuentra en disposición de practicar los encantamientos draconianos, las meditaciones, *la entrada en las fauces del dragón,* o de cualquier otro trabajo mágico. Este es el momento adecuado para entrar en comunicación con los dragones y para hacerles las preguntas que usted desea o para pedirles consejo. Cuando usted se halle dispuesto a concluir el ritual, dé tres golpes en el suelo con el bastón, y diga:

Os agradezco, Ancianos y Sabios Dragones,
de la tierra y del fuego, del agua y del aire,
 por haberme transmitido vuestra sabiduría y vuestros conocimientos,
 en este templo draconiano.
 ¡Que así sea!

Deposite la copa de vino (puede utilizar un zumo, como sustituto) sobre el pentáculo. Dé tres veces la vuelta con la varita mágica y diga:

Copa de potencia, copa de poder,
magia draconiana, transmite tu saber.

Beba el contenido de la copa y reciba su energía. Conserve un poco de líquido para verterlo fuera, como una ofrenda tras el ritual.

Ahora, tome la espada y colóquese cara al este. Trace un pentagrama de alejamiento, y diga:

Id en paz, Dragón del este.
Volved a este templo draconiano en el próximo ritual.

Realice la misma liturgia con los otros puntos cardinales, cambiando el este por el sur, el oeste y el norte.

Regrese seguidamente al altar, alce los brazos y concluya así:

Hasta pronto, camaradas Dragones.
Juntos formaremos un equipo en esta Magia draconiana.
Id ahora en paz, y volved cuando os llame.
Para continuar vuestra enseñanza y la magia de los Dragones.
¡Draconis! ¡Draconis! ¡Draconis!

Golpee dos veces las palmas de las manos, y después corte el círculo con su espada por el punto por donde entró en él. Apague las velas y limpie su altar.

EL FUEGO DEL DRAGÓN

He aquí un sencillo ritual de velas. Usted ya sabe que la energía desplegada durante los rituales atrae a los dragones, y sucede también lo mismo con el fuego. Además, este ritual no requiere ningún círculo mágico.

Si, después de realizar sus prácticas, un dragón le ha comunicado su nombre y usted desea llamarlo, puede reemplazar la palabra «Draconis» por su propio nombre. Una vez que usted haya establecido el objetivo de su ritual, escoja el color apropiado de la vela; también puede utilizar un aceite mágico para incrementar la fuerza. Compruebe igualmente la fase lunar, para que esté de acuerdo con su ritual.

Ritual

Con su cuchillo mágico grabe sobre la vela un símbolo que represente claramente su deseo; también puede utilizar igualmente la escritura de los dragones. Seguidamente tome la varita y con ella dé tres vueltas a la vela. Tome el pentáculo draconiano, póngalo de cara a la vela y diga:

¡Draconis! ¡Draconis! ¡Draconis! ¡Escuchad mi llamada!
Tres veces os saludo, ¡escuchad, todos!
La llama de esta vela es como vuestro fuego,
Dragones, concededme lo que deseo.
Potencia draconiana, ven a mí.
Escucha mis palabras, así sea.
¡Draconis! ¡Draconis! ¡Draconis!

Visualice cómo la potencia draconiana, bajo forma de fuego, emerge del pentáculo y penetra con fuerza en la vela; encienda entonces esa vela y concéntrese en su deseo. Cuando se haya completado el ritual, deje la vela para que arda por sí misma hasta que se extinga por completo.

ENTRADA EN LAS FAUCES DEL DRAGÓN

La entrada en las fauces del dragón significa que usted va a manifestar a las fuerzas draconianas su deseo de ser iniciado en el seno de la magia de los dragones. Usted va a proceder, por medio de una vía ritual y meditativa, a una ceremonia iniciática de las más enriquecedoras y magníficas en el plano espiritual. Este ritual también puede practicarse tan frecuentemente como usted quiera, en todo momento.

La parte que se efectúa mentalmente puede registrarse previamente en casete; de esta manera, cuando usted realice este ejercicio no tendrá que pensar en lo que tiene que hacer.

Ritual

Haga el «Ritual draconiano básico» hasta la llamada a los Dragones Soberanos (es decir, hasta el punto en que le indicábamos que, a partir de él, usted podía practicar sus encantamientos draconianos). Siéntese cómodamente tras el altar y relájese por completo.

Cierre los ojos y visualice ante usted la entrada de una gruta en forma de boca de dragón; vea en su interior una claridad impresionante que parece provenir de muy lejos, de la profundidad de la tierra. Al acercarse a la entrada, unas estalactitas extrañas dan la impresión de dientes. Usted sigue el pasadizo débilmente iluminado que le permite penetrar en las entrañas de la tierra. Tras una marcha, larga y silenciosa, llega a una habitación subterránea y circular. Los cristales se encuentran encajados en las paredes rocosas. La luz es ahora más fuerte. Todo brilla en color rojo. Al fondo de la habitación, delante de usted, se encuentra un imponente altar adornado de piedras, y sobre él se halla un soberbio cáliz tallado en una piedra preciosa. Usted se da cuenta que la luz proviene de cuatro fisuras que se encuentran en el suelo, que están situadas en los cuatros puntos cadinales y que probablemente van a dar al centro de la tierra.

Usted tiene calor. De vez en cuando ve sombras de dragones que pasan por la habitación. Avanza y se para ante el altar. Se presenta a los dragones diciendo su nombre mágico, y les dice que ha ido allí por su propia voluntad para la iniciación. Entonces sentirá cómo la energía de los dragones recorre todo su cuerpo. Manténgase a la escucha de los mensajes que le puedan transmitir.

Finalmente, una voz grave y llena de sabiduría se le hará inteligible: *Bebe el contenido de la copa*. Entonces usted se lleva lentamente la copa a los labios y bebe el líquido. Usted siente que la energía draconiana lo penetra hasta lo más profundo del alma. Vuelva a poner la copa sobre el altar, dé las gracias a los dragones y retome el camino de regreso en sentido inverso. Salga de las fauces del dragón. Abra los ojos.

Haga una respiración profunda y reflexione sobre la excepcional experiencia que acaba de vivir, *ya que fue totalmente real*. Seguidamente, cuando usted ya se encuentre dispuesto a concluir el ritual, limítese a seguir simplemente el resto del ritual básico.

A partir de ese momento, usted ya se habrá iniciado en la magia de los dragones y de los poderes draconianos.

LA LLAMADA DRACONIANA

Después de haber practicado los rituales anteriores, usted ya será capaz de conectarse por sí mismo a la fuerza draconiana. Sin embargo, es posible que desee llamar a los dragones para que estos se manifiesten, y que su presencia sea más tangible, más fuerte. Ahora bien, si en ese momento desea obtener una manifestación de los dragones, emplee esta llamada draconiana. En casos especiales es posible que pueda ser testigo de una manifestación física y material. Generalmente, usted podrá sentirlos y verlos mediante su tercer ojo, cerrando los ojos físicos, y viendo cómo pasan de aquí para allá las sombras draconianas en el templo que usted ha creado.

Ritual

Haga el «Ritual draconiano básico» hasta la llamada de los Dragones Soberanos (punto a partir del que, según le hemos indicado, ya puede practicar sus encantamientos draconianos). A partir de ahí, coja la espada con su mano de poder, el bastón con la otra, puntee el pentáculo draconiano con la punta de la espada y golpee tres veces con el bastón. Recite:

Venid, Draconis.
Por vuestro aliento que todo lo consume, os llamo.

Golpee tres veces el suelo.

Por vuestra mirada taladrante, os llamo.

Golpee tres veces el suelo

Por vuestra fuerza todopoderosa, os llamo.

Golpee tres veces el suelo.

Por vuestra sabiduría, antigua y profunda, os llamo.

Golpee tres veces el suelo.

Por vuestra magia, antigua y misteriosa, os llamo.

Golpee tres veces el suelo.

¡Acudid a mi llamada, Draconis! ¡Venid, acudid y escuchad!

En ese momento usted sentirá cómo los dragones proyectan contra usted una fuerza que le llega de todas partes. Manténgase atento a los mensajes que puedan transmitirle. Es posible que los dragones hagan notar su presencia elevando su temperatura corporal, haciéndole percibir una sensación especial entre los hombros, o también por la emisión de un sonido grave y cavernoso.

LA FUERZA DRACONIANA

Si existe un hecho indiscutible, ese es la fuerza impresionante que poseen los dragones. El ritual de la fuerza draconiana le permitirá canalizar esta fuerza con el fin de aportar más potencia durante sus prácticas mágicas personales.

Componentes y accesorios

- Una vela roja.
- Incienso de sangre-de-dragón, o de olíbano.
- Su catana.

Ritual

Situado en un paraje boscoso o en un calvero, empiece por trazar un círculo mágico normal con su cuchillo mágico; después, encienda una vela roja sobre la que habrá escrito las palabras: *fuerza draconiana*. Póngase cómodo para esperar unos quince minutos, durante los que estará mirando cómo arde la vela. Concentrada la mirada en la llama, imagínese que en lo más profundo de la tierra, justo bajo sus pies, allá en donde se ocultan los dragones, hay una inmensa esfera de fuego extremadamente caliente, que representa la fuerza draconiana. Vea cómo los dragones se arremolinan y vuelan en derredor de esa esfera en fusión. Cuando usted logre representarse esa escena sin dificultad, alce su catana en alto con su mano derecha, y salmodie con fuerza lo siguiente:

¡Draconis! ¡Draconis! ¡Draconis!
Llamo e invoco al centro de vuestra guarida.
Esfera draconiana de poder,
Dragones de poder,
¡Os pido la Fuerza draconiana!

En el mismo instante en el que pronuncie la última palabra de esta invocación, visualice un inmenso chorro de luz roja de inmenso brillo que surge como un torbellino impetuoso y que asciende a su encuentro. Vea cómo ese chorro draconiano va atravesando todas las capas terrestres a medida que asciende... hasta el momento en el que la luz le toca con una indecible fuerza penetrante. Entonces sentirá una enorme tufarada de calor y de poder, y advertirá cómo ese poder lo inunda. Finalmente, el chorro se irá retirando para regresar a su esfera de origen. En ese momento, clave su catana con fuerza en el suelo y proyecte su intenso deseo en el Universo. Seguidamente proceda al ritual que haya de efectuar, si tal es el caso, o déjese bañar suavemente en el silencio de este poder.

Anexo

A propósito de los alfabetos mágicos

La magia medieval nos ha proporcionado una gran diversidad de prácticas ocultas e incluso a veces muy complejas. Sin duda, usted no habrá pasado por alto que distintos rituales y trabajos de ocultismo (antiguos y modernos) sugieren el empleo de un alfabeto mágico «especial». Ahora bien, en el transcurso del tiempo han surgido numerosos alfabetos mágicos, que han sido o bien transmitidos por entidades celestes, mediante la clarividencia y la adivinación, o bien han sido concebidos por magos y brujos. Sea como fuere, para completar esta obra sobre la magia practicada en tiempos pasados, hemos juzgado importante proporcionarle un cuadro con los distintos alfabetos utilizados en esa época y, a veces, en tiempos todavía más antiguos.

Estos alfabetos todavía son utilizados en nuestros días por los magos modernos.

Los alfabetos místicos

Alfabeto hebreo		Alfabeto de los magos		Caracteres de la escritura celeste		Malachim, o la escritura de los ángeles		Escritura denominada "Pasar el río"		Nombre de las letras		Los poderes de las letras	
א	ס	ⰆⰉ	ⱴ	✕	ⱷ	⌘	✳	⌒	⌓	Aleph	Samekh	a'	s
ב	ע	ⰎⰊ	ⰘⰊ	ⰎⰏ	ⱱ	ⱲⰊ	□	ⰅⰋ	ⰊⰋ	Beth	Ayan	b	ia
ג	פ	ⰎⰊ	ⰎⰋⰊ	ⰾ	ⱷ	ⱱ	✕	ⰅⰋ	ⱴⰋ	Gimel	Pi'	g sh	p
ד	צ	ⰕⰊ	ⱱⰋ	ⰎⰊ	ⰎⰋ	ⰎⰋ	ⰊⰋ	ⰉⰋ	ⰕⰋ	Daleth	Tzaddi	d	tz
ה	ק	ⰕⰊ	ⱷⰊ	ⰒⰊⰊ	ⰒⰊ	ⰏⰊ	ⰒⰊ	Ⰺ	△	He'	Qoph	a'	q
ו	ר	ⰉⰊ	ⱱⰊ	ⰉⰊ	ⰍⰊ	ⰎⰊ	ⰘⰊ	ⰎⰊ	ⰺ	Vau	Resh	u/o	r
ז	ש	ⰏⰊ	ⱲⰊ	ⰕⰊ	ⰒⰊ	ⰎⰊ	ⰅⰊ	ⰍⰊ	ⱲⰊ	Zain	Schin	z	sh
ח	ת	ⱴⰊ	ⰎⰊⰊ	ⰎⰊ	ⰋⰊ	▥	✱	ⰎⰊ	ⰎⰊ	Cheth	Tau	ch	t/th
ט	Resh	ⱷ⁚		ⰒⰊⰊ		ⰎⰊ		⌿		Teth		t	
י	ד	ⰏⰊ		△		ⰎⰊ		ⰎⰊ		Yod	final Kaph	y	k
כ	ם	ⰎⰊ		ⱷⰊ		ⰊⰊ		ⰏⰊ		Kaph	final Mem	kh	m
ל	ן	ⰉⰊ		ⰎⰊ		ⰒⰊ		3		Lamed	final Nun	l	n
מ	ף	ⰎⰊⰋ		X		H		□		Mem	final Pi'	m	p
נ	ץ	ⰎⰊⰊ		ⰎⰊ		Y		7		Nun	final Tzaddi	n	tz

MIS RITUALES PRÁCTICOS

MIS RITUALES PRÁCTICOS

MIS RITUALES PRÁCTICOS

MIS RITUALES PRÁCTICOS

MIS RITUALES PRÁCTICOS